SALUT MARIE

Antoine Sénanque, né en 1959, est l'auteur chez Grasset d'un récit, *Blouse* (2004), et de plusieurs romans, *La Grande Garde* (2007, Prix de l'Académie de médecine Jean Bernard), *L'Ami de jeunesse* (2008, Prix découverte *Le Figaro Magazine*), *L'Homme mouillé* (2010) et *Salut Marie* (2011, prix *Version Femina*).

Paru dans Le Livre de Poche :

L'AMI DE JEUNESSE

BLOUSE

L'HOMME MOUILLÉ

ANTOINE SÉNANQUE

Salut Marie

ROMAN

GRASSET

ISBN : 978-2-253-17669-5 – 1re publication LGF

A Quilina,
parce qu'elle est bien jolie.

Avant-propos

« Je partirai du cœur », disait Gilberte Varenne Chavelet. Elle a tenu parole.

Son cœur s'est arrêté au printemps 2009. Elle est morte à l'heure du déjeuner.

Je n'ai pas voulu la voir, après. Je n'ai pas voulu vérifier. J'ai fait confiance.

On m'a rassuré, en me disant qu'il était temps, que les choses étaient en ordre, que son âge, son désir de partir… Sans doute. On comprenait aussi que j'avais le cœur brisé, moi, le plus jeune de ses petits-fils, celui qu'elle aimait un peu devant. Je l'ai laissée aller seule à son enterrement.

Depuis sa disparition, je ne l'appelle plus Grany, mais Gilberte. Elle est devenue une femme à part entière. Elle a coupé le cordon familial qui la reliait à moi. Notre affection a pris le large, avec elle à la barre, cheveux défaits, gris, au vent. Elle n'est plus seulement ma grand-mère, mais l'éclaireuse qui préparera mon passage, quand je partirai moi aussi, du cœur brisé.

Mon frère corrige cette phrase, en haussant ses épaules de médecin. On meurt finalement toujours du cœur, ça n'a pas de sens. Sans doute.

J'ai récupéré les manuscrits de mes romans qu'elle gardait sur sa table de nuit, sans les lire. Gilberte n'aimait pas beaucoup ma littérature. Elle trouvait qu'il y manquait « le petit fil rouge » nécessaire. Elle aimait les histoires qui tenaient en haleine. Les aventures de Sherlock Holmes, par exemple. C'était mon cadeau du 8 février, le jour de son anniversaire, un *Sherlock Holmes*. Voilà, mes manuscrits ne la tenaient pas en haleine. Je me le suis reproché. J'avais une responsabilité. J'aurais dû être capable de le tenir doucement le souffle de Gilberte, avec des mots bienfaisants, des histoires en forme de masque pour un air enrichi en phrases fraîches, parfumées, utiles à la santé du cœur. Mes livres auraient pu lui donner l'idée de vivre un peu plus. Elle les gardait près d'elle. Elle les touchait. Elle pianotait avec ses jolis doigts sur la couverture, pour me montrer qu'ils étaient là. Je me souviens du bruit de mes livres.

Elle lisait aussi l'Evangile selon saint Jean. Elle me disait que c'était l'espace où je devais écrire, entre Sherlock Holmes et saint Jean.

— Quel rapport entre Gilberte et ton roman sur les apparitions ? m'a demandé mon frère en reposant les feuilles de mon manuscrit, avec ce petit air agacé qu'ont tous les médecins quand le diagnostic demande un effort de réflexion.

Le rapport, c'est que je ne me console pas.

Chapitre 1

La Vierge m'est apparue le 1er avril 2008. La date était mal choisie. Je sais qu'humour et spiritualité ne sont pas toujours antagonistes mais sincèrement, j'aurais préféré le 31 mars.

Comme prévu, mes proches ont reçu la nouvelle comme un canular. Mon frère m'a précisé qu'il déjeunait le jour même avec sainte Thérèse. La conversation a tourné court.

Je l'ai vue. C'est vrai. Vous dire à quoi elle ressemble, c'est facile. Une jolie femme, la trentaine, brune, en robe bleu pâle, nimbée d'azur, perchée sur un croissant de lune.

Je n'ai pas été effrayé sur l'instant, plutôt flatté. Qu'est-ce qu'elle peut bien me trouver ? me suis-je demandé. Honnêtement, à sa place, je ne me serais pas apparu. J'ai 51 ans, je suis assez commun physiquement, grand, les cheveux gris, j'ai un visage long et des yeux qui ne se réjouissent pas facilement. Je ressemble à un homme de petites affaires qu'on croise dans les aéroports, avec une veste sombre, une cravate et une serviette. Les regards ont tendance à cligner sur moi et la femme qui me vend un paquet de cigarettes tous les jours depuis quatorze ans ne se souvient pas de ma marque préférée. Dans ces conditions, je ne serais pas surpris d'être perçu comme assez anonyme au plus haut des cieux.

Je suis veuf aussi.

Tout le monde m'a pris pour un illuminé, même le docteur Bloch, mon généraliste, qui d'habitude m'écoute avec patience.

Le soir de ce 1er avril, j'entre dans son cabinet, confiant, mais je sens que mes symptômes lui sont antipathiques.

— Qu'est-ce qu'elle vous a dit, la Vierge ? m'interroge-t-il avec brusquerie.

Elle ne m'a rien dit. Absolument rien. Elle est restée devant moi, bien droite, dans l'entrée de mon appartement, elle m'a regardé une minute ou deux, attentive, et elle s'en est allée.

— Elle n'a aucun intérêt, votre apparition, conclut le médecin avec sa franchise habituelle.

C'est vrai que ma vision est assez plate, mais je n'y peux rien. Je ne vais pas reprocher à la Vierge de ressembler au portrait que ma mère avait accroché sur le mur, au-dessus de mon lit d'enfant, avec une feuille de laurier racornie. Identique à celui des missels et des médailles. Extrêmement proche de l'idée qu'on s'en fait. Je ne peux rien dire de plus. Je comprends la déception de mon thérapeute et son diagnostic est mérité : délire médiocre.

Pourtant il ne s'agit pas d'une hallucination.

Je suis formel sur ce point. J'ai vu la Vierge comme je vous vois. Au matin, à mon réveil, après une nuit de sommeil paisible. Je l'ai vue sans bouleversement particulier. Avec un certain détachement. Comme en ouvrant sa fenêtre, on regarde le temps. C'est ce calme qui m'a convaincu, cette impression d'ordre. Une hallucination m'aurait terrifié. L'idée que je puisse être envahi d'images mentales me coupe la respiration. Je suis très attentif à la question. La moindre déformation du paysage à travers un verre un peu sali de mes lunettes me fait douter de ma santé psychique. Or, mon cœur est resté lent, mon sang, froid, la Vierge ne m'a pas fait peur. C'est la logique du vrai. Pourquoi la mère de Dieu effraierait-elle celui à qui elle a choisi de se montrer ?

Le docteur Bloch me remet une ordonnance avec un antidépresseur à prendre au coucher, en soulignant avec un rire épais que les vierges finissent toujours par succomber aux charmes des médecins. Je découvre auprès de lui la première constante d'un esprit incroyant, le réflexe de dérision, traité comme tout mouvement incontrôlé par des centres nerveux anciens, éloignés du cortex, nommés reptiliens, c'est-à-dire communs à ceux des crocodiles et des lézards.

Je ne me sens pas déprimé. Enfin, pas plus que d'habitude.

Le docteur Bloch m'a diagnostiqué depuis longtemps une petite mélancolie chronique dont on ne peut pas guérir. Gentiment, il me répète à chaque consultation : « Vous êtes un homme triste, monsieur Morange. » En fait, mon nom est Mourange. Pierre Mourange. Mais mon thérapeute ne s'y fait pas. Je ne le reprends plus d'ailleurs. C'est devenu un acte de complicité entre nous, cette erreur de nom. Je me sens rassuré d'être classé sous l'étiquette d'un autre. Débaptisé donc protégé, pouvant prétendre que je ne suis pas moi pour égarer les maladies qui planent au-dessus des fichiers des médecins, qui piquent à travers, bec ouvert, pour se nourrir, comme des mouettes.

Je le trouve grossi, plus rouge que d'habitude, le corps boudiné dans une blouse étroite, le crâne plus chauve, le visage négligé, rond et brillant. Nous nous conseillons mutuellement du repos.

Je pose, pour être rassuré, la question de la tumeur cérébrale qu'il écarte d'un revers de main. Je souffre de la pensée, c'est tout. Je n'insiste pas. En me levant pour le quitter, je précise simplement que de légers maux de tête me réveillent parfois la nuit. Ce point est-il inquiétant ?

« Oui et non », répond le docteur Bloch, avec son sens de la formule réconfortante.

Je reprends ma place sur la chaise.

« La céphalée obéit à la loi du tout ou rien, me dit-il. Rien : une migraine anodine. Tout : une tumeur maligne. »

Je lui demande si son cœur balance plus d'un côté que de l'autre. Il me répond que techniquement, le cœur ne balance pas. La deuxième étape dépend du degré de mon inquiétude. Serein, l'évolution tranchera. Nerveux, un scanner serait souhaitable. J'opte pour le scanner.

Il obtient un rendez-vous dans l'heure. Je suis troublé par la rapidité de sa prise en charge qui pourrait témoigner d'un relatif manque de confiance dans le caractère purement psychiatrique de mes symptômes. Il me rassure à nouveau en me rappelant des souvenirs de jeunesse médicale truffés d'erreurs diagnostiques désopilantes.

Chez le radiologue, juste avant d'entrer dans le cadre du scanner qui forme une auréole d'acier autour du crâne, j'imagine le docteur Bloch m'accueillant le lendemain dans son cabinet, avec une pointe de triomphalisme, les clichés de mon cerveau à la main, me rappelant sa loi du tout ou rien, qui appliquée à mon cas, est devenue la loi du tout.

Lorsqu'on m'annonce que le scanner est normal, je décide de ne plus jamais partager avec mon médecin le secret d'un trouble qui pourrait ne pas être bénin.

J'ai commandé un café à une terrasse en attendant la nuit et j'ai réfléchi au sens de mon apparition. Il est question de religion, la chose ne peut pas être niée.

Je me demande pourquoi un tel signe a été transmis à un catholique non pratiquant et non demandeur. L'idée traverse mon esprit qu'une erreur a pu se glisser dans le fichier de l'au-delà et que la Vierge m'est apparue par méprise, laissant peut-être un plus méritant que moi dans l'obscurité intérieure.

Je ne comprends pas ce qui m'est arrivé mais je commence à prendre conscience de l'importance de l'événement.

J'essaie de tirer des conclusions objectives :

1 – La médecine ne peut rien pour moi.

2 – La Vierge n'est pas un symptôme.

Chapitre 2

— Moi, j'aurais très peur à ta place.

— Je n'ai pas peur.

— Parce que tu es mou, Pierre, détaché, indifférent, défaitiste, décourageant.

Félix, mon meilleur ami, a décidé de me venir en aide.

— Et tu ne lui as rien demandé ?

— Non.

— Pourquoi ? interroge Félix.

— Parce que je n'ai pas besoin d'elle.

Il me regarde, reprochant :

— Je ne vois pas pourquoi tu lui en veux.

— Tu m'as dit que tu ne croyais pas aux apparitions, Félix.

— Je n'y crois pas quand elles apparaissent aux autres. Mais toi c'est différent, j'ai confiance. Et puis tu m'annonces que tu as vu la Vierge avec l'air de quelqu'un qui a envie de changer de sujet. Tu m'informes, sans plus. C'est troublant. Si tu es sûr qu'elle existe, c'est plutôt une bonne nouvelle.

— Non.

— Pourquoi non ? insiste Félix.

— Parce que si elle existe, j'ai des reproches à lui faire.

Je note sur un carnet, à la date du 2 avril :

Question : La Vierge existe-t-elle ?

Réponse : Oui, j'en ai la preuve, la seule digne de foi, l'expérience personnelle.

Pourquoi m'informer de son existence ? Le mystère est là.

Pourquoi m'avoir choisi ? J'ai un bilan au passif lourd d'à peu près tous les péchés véniels recensés plus quelques péchés mortels qui n'ont pas fait couler de sang. Je suis aussi déméritant que n'importe lequel de mes prochains en liberté. Pourquoi ? J'ai lu que Dieu recherchait parfois la performance avec des âmes perdues, mais il me semble que je manque d'infamie pour le séduire. Sous un angle purement matériel, la Vierge pourrait aussi entretenir l'espoir de rentabiliser son apparition, pour relancer sa carrière faiblissante par une visite inattendue. Mais elle doit savoir que je suis un mauvais porte-parole, porte-murmure tout au plus. Aucune rencontre surnaturelle ne pourra convertir ma tendance à fuir le bruit et les vagues. S'il faut bâtir une cathédrale, je proposerais, à l'extrême, un petit autel au fond de mon salon avec une statuette phosphorescente et des bâtonnets d'encens. Bref, quelle que soit la manière de voir, je ne vois pas.

Autant demander à mes malades.

Je suis vétérinaire.

J'ai toujours voulu soigner. Une grave tendance hypocondriaque m'a fait choisir les animaux. J'ai cru que je m'identifierais moins facilement aux malheurs des espèces inférieures. Erreur de jugement. Les maladies des bêtes sont les mêmes que celles des hommes, les mots en moins. Sans bavardages, elles sont plus crues.

J'ai avec les chiens une connivence ancienne. Je ne l'explique pas. J'évite les autres animaux. Je dirige les chats, les oiseaux et les rongeurs sur Tû Minh, mon second meilleur ami, installé plus haut vers l'Hôtel de Ville. Nous avons fait nos études ensemble. Il est chinois, brillant et paisible, malgré un prénom assez belliqueux, à l'analyse phonétique. Célèbre dans notre milieu et considéré comme un thérapeute créatif, son traitement par acupuncture de l'agitation nocturne du hamster fait autorité. Tout l'intéresse chez l'animal, il ne fait aucune différence entre un lombric et un grand mammifère. Il reçoit, de la France entière, des demandes de consultations pour des pathologies mystérieuses que les traités ne traitent pas : les fractures spontanées des pattes des tarentules, les conversions hystériques des canaris siffleurs qui ne sifflent plus.

Comme son énergie déborde, je viens en récolter souvent. Je déjeune tous les jours avec lui, dans un petit bistrot au coin de ma rue, « Chez Félix », dont le patron est Félix.

Tû Minh est petit, chauve et bouddhiste. Il a une fâcheuse tendance au détachement excessif face aux agacements de la vie quotidienne qui regroupent une large gamme de situations non hiérarchisées dans son esprit. Les deuils, par exemple, sont des agacements. Les proches de ses patients malchanceux ne s'y font pas. Tû pense que la vie s'améliore au cours de nos réincarnations successives. Il a donc tendance à encourager les êtres à mourir. Pour lui, ce qui nous tue nous rend plus forts.

Le développement de sa clientèle de proximité a injustement souffert de sa sagesse. Il reçoit avec reconnaissance mes malades félins, ailés ou à écailles qui nourrissent son quotidien. Moi, je reste avec mes chiens.

J'ai acquis une petite réputation qui m'assure en moyenne une quinzaine de consultations quotidiennes. Sauf le mercredi, jour des morts.

C'est une dimension de mon métier qui m'a échappé, au début, l'euthanasie nécessaire des vieux patients. Comme les maîtres me disent que leurs fidèles compagnons m'aiment beaucoup, ils insistent pour que ce soit moi et personne d'autre qui les récompense de leur affection. Le mercredi, je tue donc des chiens. Pour leur bien.

Je reçois l'animal qui ne marche plus, douloureux, sourd, aveugle, muet, comme les statuettes des petits singes qui symbolisent le bonheur. Je conseille toujours un rendez-vous avec le docteur

Tû Minh, en soulignant sa compétence, mais non, « Nous tenons à ce que ce soit vous ».

Moi, je n'y tiens pas du tout.

Les chiens le savent. Ils savent. Même les méchants. Ils ne se contentent pas de sentir l'odeur d'éther de ma petite salle qui les fait gémir et résister un peu. Leur flair est surestimé. On prête à leur odorat tous les mystères qui ne s'expliquent pas, mais le vrai sens des chiens, que l'on découvre après des années passées à leur côté, est qu'ils lisent dans les pensées.

Le mercredi est donc un jour difficile.

Le maître explique à son compagnon qu'on va le soigner. Le chien sait bien qu'on lui ment. Le soin consiste à lui injecter une dose de neuroleptique qui règle l'affaire. Il ne souffre pas, c'est ce que l'on prétend, pour la bonne conscience, mais personne n'en est sûr. Je ne crois pas aux morts sans souffrance. Tû Minh m'a convaincu. Dans la fraction de la dernière seconde, il faut récapituler tous les échecs et les désespoirs de sa vie pour ne pas partir avec. Même la mort la plus douce doit laisser ce temps de souffrance absolu à subir. C'est la condition, pour un bon recommencement.

Je tue en moyenne deux chiens par semaine depuis vingt ans. Ce qui représente à peu près 2 000 victimes à ranger dans les caves de sa mémoire. Pour moi, le mercredi n'est pas le jour des enfants.

Rose Marie, mon assistante, partage mon quotidien. Elle ne s'est pas épanouie au cours des cinq dernières années passées en ma compagnie. Elle dépérit doucement, en éternuant inlassablement. Elle a développé à mon contact une sévère allergie au poil de bête. Elle prétend que nous avons une racine familiale commune, par une grande tante, grande désignant la distance qui m'en sépare, une tante infinie. Nous parlons peu, ses yeux pleurent quand je m'approche d'elle, après avoir touché le pelage d'un chien. Cinq ans de larmes coulent entre nous.

Elle est célibataire, persuadée que nous sommes faits l'un pour l'autre.

Je n'en suis pas convaincu.

Nous avons des points communs que je préfère suspendre. Deux deuils douloureux nous assemblent, ma femme et sa mère. Elle insiste sur ces coïncidences qui nous font signe. Je voudrais lui dire que la mort est le point commun le plus commun entre les êtres et que je préférerais parler de nos différences. Mais Rose Marie voit la faucheuse, entremetteuse.

— Si la Vierge vous apparaissait, Rose, que feriez-vous ?

— Je me réjouirais.

— Pourquoi ?

— Parce que la Vierge accomplit des miracles.

— Mais si elle vous apparaissait sans miracle ?

— C'est impossible.

— Qu'est-ce que vous lui demanderiez ?

— De ressusciter ma mère.

Depuis cinq ans, j'ai plusieurs fois pensé à me déclarer. Surtout quand elle masse mes épaules anxieuses entre les rendez-vous. Mes sentiments sont contradictoires. J'hésite. J'ai confiance près d'elle, mais je me dis que ma vie auprès de Rose, serait close.

Chapitre 3

Mon père analyse :

— On ne croit pas en Marie. On la salue. C'est tout. On la fait descendre de sa hauteur. Les protestants ne lui rendent pas grâce, sa pureté immaculée ne lui a été accordée par l'Eglise qu'en 1854. Même Jésus la traite mal dans les Evangiles. « Femme que me veux-tu… » Jamais un mot gentil, jamais un geste tendre. Jésus a aimé tous les hommes, mais pas tellement sa mère. Il faut dire qu'il était allergique aux clans, ennemi mortel des espaces réduits, familiaux, religieux, raciaux. Il ne voulait pas d'étiquette, il ne voulait donc pas être un fils. Enfin, le fils d'une mère, parce qu'en ce qui concerne le père, il s'en réclame énormément. C'est l'injustice flagrante du Nouveau Testament, il n'y en a que pour le père. La mère ne sert qu'à suivre, à souffrir et à pleurer. Les psychanalystes ne soulignent pas la faille maternelle dans l'inconscient du Christ. Jésus ne fonctionne pas sur un mode œdipien. Il est lucide, le meurtre du père, avec lequel il ne fait qu'un, serait du suicide.

Je regarde par la fenêtre, les promenades, dans le jardin de la maison de retraite. Les vieilles silhouettes déambulent. Le printemps ne leur va pas. Les arbres reverdissent hauts, puissants et les aplatissent un peu plus vers le sol. Les fleurs jurent avec leur gris.

— La Trinité aurait mieux tenu sur ses bases si Marie avait remplacé le Saint-Esprit, un personnage flou qui ne nous sert à rien. La Vierge aurait apporté de la féminité dans cette triade agressivement masculine et devenue l'égale du père, elle aurait pu peser sur l'épilogue de la tragédie. Jésus n'aurait jamais demandé « Mère pourquoi m'as-tu abandonné ? ». La question ne se serait pas posée. Quelle mère aurait laissé faire ça ? Marie aurait décroché son fils de la croix en un claquement de doigts et arrêté cette boucherie.

Mon père est professeur d'histoire et paraplégique. Je lui ressemble. Il vit depuis deux ans dans un appartement voisin de la maison de retraite de Gouvieux, près de Chantilly. Je vais le voir, une fois par semaine. Il a 90 ans et m'accueille toujours avec la même formule de bienvenue :

— Qu'est-ce que tu fais là ?

Sincèrement, je ne sais pas.

Je m'assieds sur une chaise blanche en métal écaillé au pied de son lit et j'attends que le temps passe en regardant par la fenêtre, les vieux dans les saisons. Il me dit souvent qu'il n'a plus aucune raison de vivre. Ce qui est vrai. Son esprit est fluide, son corps ligneux. Il me répète que j'ai l'air fatigué, parole positive. La santé florissante est un défaut pour mon père. Les infirmiers qui lui sont affectés répondent à des exigences précises que j'ai dû personnellement faire respecter. Ils doivent justifier de tares visibles et d'un pronostic vital limité. Un homme jeune et heureux doit être désinfecté avant de l'approcher et passer par une quarantaine douloureuse pour atténuer la virulence de son sourire.

Il a enseigné l'histoire de l'Eglise, avec une prédilection pour les heures sombres, inquisition, hérésies et croisades. Mon apparition selon lui est la 430e recensée depuis un siècle et il n'y a rien d'autre à en dire.

— Quand on voit apparaître, à ton âge, c'est que la peur de la mort commence à tourner la tête.

— Ce n'est pas une hallucination.

— C'est une construction. Un paravent pour couvrir tes angoisses. Le sujet le prouve. Je serais convaincu si la Vierge apparaissait à quelqu'un qui n'aurait jamais entendu parler d'elle. Un Esquimau qui graverait dans l'ivoire un portrait ressemblant. Ou si l'on découvrait un dessin dans une caverne préhistorique aux côtés d'un ours ou d'un mammouth. Parce que si tu y réfléchis, la divinisation de la Vierge et de Jésus fait d'eux des personnages éternels, qui, ne finissant pas, ne doivent pas non plus commencer. L'éternité ne reste pas engoncée dans l'histoire. La Vierge aurait donc pu apparaître aux hommes de Cro-Magnon.

Je ne suis pas toujours le fil de la pensée de mon père.

Il a encore toute sa tête, ce qu'il regrette. Selon lui, la solution pour bien vieillir serait que l'esprit ait dix ans de plus que le corps. L'inverse de ce que nous vivons. Il parle du jour où il ne me reconnaîtra pas, comme d'un événement dont il faudra se réjouir. D'ici là, il tient à ce que nos entretiens aient une fonction pédagogique. La plupart de ses ambitions ont été révisées par l'âge, à la baisse, sauf celle d'enrichir ma culture générale. Eternel enseignant dans la grande salle de cours où son existence s'est enfermée, il reste assez détaché des questions extrascolaires. Les problèmes de ma vie intime ne sont pas au programme. Mais je continue à bien l'aimer.

Il est beau, grand, les épaules larges dans un costume sombre et une cravate qu'il change tous les jours. Les infirmiers suggèrent une tenue plus adaptée à la chaise sur laquelle il passe sa vie depuis un accident de voiture qui lui a brisé les vertèbres, mais sur l'élégance, mon père ne négocie pas.

— Moi aussi, me dit-il au bout d'un de nos longs silences qui ne nous gênent plus.

— Quoi, toi aussi ?

— Moi aussi je vois apparaître. Je n'en parle pas, mais je vois. Pas la Vierge, bien sûr, ni aucun autre personnage symbolique. Je vois les miens.

Ta mère et Gilberte. La nuit, quelquefois, elles s'allument comme des petites bougies. Ce n'est pas une vue de l'esprit, elles sont là, vraiment. Aucun docteur ne peut entendre ça et je n'en parle pas.

Mon père voulait que je sois médecin. Pas pour le bien des malades, mais pour le sien. Il a toujours souhaité que je mette fin à ses jours, pour le remercier d'avoir fait débuter les miens. J'ai fait remarquer que son premier fils, cardiologue compétent, était mieux placé, mais il pense que mon expérience avec les animaux me donne une légitimité supérieure. J'ai dû promettre un nombre incalculable de fois de ne pas le laisser souffrir et de faire ce qu'il faut. Cela a dû influencer les marées de mon humeur. Vers le bas. Je me suis senti poursuivi dans ma vie professionnelle et familiale par cette nécessité de prendre en charge personnellement l'extinction des êtres qui me sont chers. Aujourd'hui, ce n'est pas la mort en elle-même qui m'inquiète, mais je voudrais être sûr qu'on n'y tue personne et qu'on s'y repose. Ma dernière volonté, c'est le repos éternel. Je voudrais un lit dans l'au-delà.

— Le mystère, Pierre, ce n'est pas que la Vierge Marie t'apparaisse, c'est que les autres ne t'apparaissent pas. Les bien visibles, tes proches. Rose Marie par exemple, qui est faite pour toi. C'est le mystère des disparitions que tu devrais percer.

Je regarde un vieillard égaré dans le jardin par la fenêtre principale du salon. L'image est sinistre. Je ne peux pas m'empêcher de l'interroger.

— Pourquoi as-tu choisi cet appartement ?

— J'aime bien la vue.

— Sur les malades ?

— Oui. Ils s'aggravent tous les jours. Je commence à les connaître, je les suis à longueur de journée. Je les vois se dégrader, ça me remonte le moral. Regarde…

Le vieillard a trébuché. Il oscille et tombe en arrière. La canne à la main, plantée au ciel. Il ne parvient pas à se relever, couché sur le dos comme une tortue sur sa carapace. Mon père me regarde avec un sourire triomphant.

— C'est gai, non ?

J'essaie de ne pas contrarier sa bonne humeur.

— Oui.

Chapitre 4

— Tu as toujours tes hallucinations ?

Je soupire en refermant ma chemise. Les électrodes ventouses dont mon frère se sert pour l'électrocardiogramme laissent des traces rouges sur ma peau, des pièces en relief qui mettent trois jours à disparaître.

— Ce n'est pas une hallucination.

— Tu ne critiques pas ?

— Qu'est-ce que tu veux dire ?

— Le délirant critique ou ne critique pas son délire. S'il critique, c'est bon signe. S'il ne critique pas…

Mon frère veut un bilan de mon état, le « minimum nécessaire ». Mon sang a rempli quatorze tubes d'analyse. Il a pris rendez-vous pour une consultation neurologique et une IRM de mon cerveau. Je crois que je vais lui dire que je critique. Après tout, peu m'importe de partager la vision de la Vierge avec ceux qui ne l'ont pas vue.

— Elle était plutôt gironde Marie ou genre bonne sœur ?

Mon frère est dense. Il l'a toujours été. Une densité qui contraste avec sa corpulence moyenne et sa petite taille. Il est mon aîné de trois ans, mais une taquinerie de la nature m'a donné 19 centimètres de plus que lui. Je pense qu'il a un bon fond, expression consacrée pour dire que la forme laisse terriblement à désirer. Il plaisante beaucoup. Il a eu très tôt la conviction que les fées au-dessus de son berceau n'avaient pas été pingres en étoiles de bonne humeur. Il a passé ses années d'adolescence à recopier des blagues sur des cahiers qu'il continue à consulter, avant chaque invitation à dîner. A la faculté, il a été élu économe de la salle de garde de son hôpital, c'est-à-dire boute-en-train. Il connaît par cœur les chansons de carabin qu'il entonne à la demande et aussi de sa propre initiative. Sa femme rit bruyamment à la moindre de ses inspirations. Elle me dit souvent qu'on ne s'embête pas avec mon frère. Je la crois sur parole. Je l'aime, mais il est dense. Il possède une voiture de collection et une bergerie dans le Perche, c'est-à-dire une punition en pierre, loin de tout, mal chauffée, pleine de mouches et d'excuses de ceux qui refusent de s'y rendre.

Il s'appelle Simon. C'est la seule singularité qui m'égaie à son contact, car il est antisémite depuis que sa carrière hospitalière a été condamnée par le complot juif. Ma mère avait gardé un souvenir enamouré d'un Simon pendant la guerre et offert ce prénom en sa mémoire à son premier fils. Il ne lui a jamais pardonné. Je le salue toujours par un « Shalom Simon ».

Mon frère est marié à une fille de la campagne, enfin de la campagne près de Paris, Saint-Germain-en-Laye. Elle a un nom à plusieurs détentes. C'est compliqué, il y a des traits d'union. Elle s'appelle Solange, aussi. Un prénom qui sonne comme un crissement d'ongle sur l'ardoise d'un tableau. Rien n'y prédispose pourtant. Si l'on décompose Solange, on rencontre une première syllabe stellaire et une deuxième céleste, mais le mariage des deux est terrien. Solange crisse. Mon frère la surnomme gentiment « Soso ». On ne mesure pas le poids que je porte quand je suis invité à dîner chez eux. Ma belle-sœur apprécie ma conversation, même si l'humour de la famille n'a pas été partagé équitablement. En réalité, elle aime me donner des conseils d'ordre général sur des sujets particuliers, comme la vie, par exemple. Elle répète que sa santé est étincelante. La raison, dit-elle, est qu'elle ne chahute pas. C'est le grand thème de Solange, le chahut. Elle y met un point d'honneur, elle n'a jamais chahuté. Personne ne peut en douter. Elle est professeur de géographie au collège et m'interroge quelquefois sur les capitales de l'Europe, pour rire. Celles des pays baltes, surtout. C'est essoufflant. Elle a à cœur de corriger mes lacunes et moi de ne pas rater le dernier train qui me reconduit à mon appartement. Elle porte des jupes longues, aux couleurs sourdes, en un tissu épais et prurigineux. Son visage n'est pas sans charme, pas avec non plus. Les cheveux poivre et sel, les pommettes saillantes, les yeux clairs. Elle ressemble un peu à Marie Curie, l'air vif en moins. Elle dit qu'elle est nature. C'est vrai, mais il faudrait lui demander son avis, à la nature, pour savoir si elle se reconnaît dans le miroir de ceux qui se réclament d'elle. Je l'aime bien, Solange. Elle ne mérite pas de ne pas être aimée. De toute façon, on ne peut pas la détester. Elle est si ennuyeuse que les haines les plus farouches s'endorment à ses pieds.

Après deux années passées en candidature libre dans une faculté de philosophie nécessiteuse, elle est parvenue à la conclusion qu'il fallait arrêter de réfléchir pour être heureux. Elle affiche depuis, un indestructible sourire suspendu à sa bouche par un cintre virtuel.

Elle fait des randonnées, activité sportive qu'elle tient à partager avec moi, randonnée pédestre ou à vélo. Elle utilise souvent des abréviations pour me tenter. Elle me propose des projets hermétiques de GR en VTT que je refuse de comprendre.

Après une période d'hibernation prolongée de sa conscience politique, Solange est devenue militante écologiste. Mon frère a suivi. Ils sont extrêmement pointilleux sur le sujet. Mon frère précise qu'on peut rire de tout, sauf du monde qui nous entoure. Entendons par là, de la planète, du climat, des forêts, des mers, des champs, de l'atmosphère et des ours blancs. Ce qui fait quand même beaucoup de sujets sur lesquels il ne faut pas badiner. Sur les comportements vertueux aussi, il est plutôt recommandé de ne pas faire son malin. Solange recycle, le papier, le verre, la nourriture et les idées. Elle suggère que chaque ménage urbain construise une pièce à compost, où les déchets ne seraient plus gâchés mais transformés en engrais et acheminés vers des pays qui souffriraient de rendements agricoles insuffisants. Ils ont un chien, une sorte de teckel, baptisé O2. Depuis une vaccination, que j'aurais d'après Solange pratiquée sans affection suffisante, O2 grogne dès que j'approche de lui et tourne autour de moi pour me « mordiller » selon sa maîtresse, c'est-à-dire arracher des lambeaux de mon mollet comme la viande des os sur lesquels il s'acharne.

Je crois qu'il est le seul animal que j'accueillerai le cœur léger un de ces prochains mercredis.

Chapitre 5

— Vous n'êtes pas claustrophobe ?

— Je ne crois pas…

— Vous ne portez pas de pacemaker ?

— Pas encore.

— Répondez par oui ou par non, s'il vous plaît. Vous ne portez pas de pacemaker ?

— Non.

— Pas de clip ?

— Des clips ?

— Oui, pas de matériel métallique, jamais d'interventions sur les artères ?

— Non.

La secrétaire du centre d'IRM ne sourit pas. Ni à moi, ni à personne. Nous sommes cinq dans la salle d'attente à répondre au même questionnaire, confrontés à une indifférence équilibrée. Je voudrais revenir sur la question de la claustrophobie que je n'ai pas assez développée, mais mon tour est passé. J'essaie de mieux connaître mon adversaire : une jeune femme blonde, avec des lunettes horizontales parallèles à la ligne mince de ses lèvres, coupant un regard bleu acier. J'ai serré chaleureusement sa main, à mon arrivée, geste qui n'a pas semblé l'attendrir. Son cœur de fer a déjà été arraché de sa poitrine par l'aimant géant avec lequel j'ai rendez-vous.

Je voudrais vraiment revenir sur la question de la claustrophobie. Trop tard. Mon nom est annoncé. J'entre sans montre, sans clé, sans médaille, sans argent dans un sas dépouillé. Tout est blanc. Au centre du blanc, un sarcophage. Une voix à travers un micro me demande d'avancer. Il faut que je prenne place dans l'appareil ou plus exactement le tube, comme la voix le désigne. Il est temps de nuancer très clairement ma réponse négative à la question de la claustrophobie. La largeur du tube ne devrait pas libérer un espace suffisant pour contenir l'épaisseur de calme autour de mon corps, cette housse de sérénité que mon médecin me demande de visualiser en cas d'urgence.

— Je suis peut-être un peu claustrophobe.

— Vous avez coché « non ».

— Oui.

— Relaxez-vous.

Je m'approche du tube. Je m'allonge sur le lit mobile qui sort de l'appareil comme une langue. Je respire.

— Ne respirez plus.

La langue rentre lentement dans la gueule sombre de l'aimant. J'ai l'impression d'être une miette. Les parois compriment mes épaules et le couvercle appuie sur mon thorax. Mon corps disparaît dans la couronne magnétique qui tourne.

— Ça va faire un peu de bruit, surtout ne bougez pas.

Un tonnerre de mitraille tétanise mon diaphragme. Je suis dans un gigantesque barillet qui décharge sur moi ses ondes mortelles. Le temps s'arrête en hurlant. Le lit-langue recrache mon cadavre. La femme horizontale me fixe, à la sortie, l'air narquois.

Retour en salle d'attente avec mes compagnons aimantés qui s'en vont un à un avec une pochette.

« Le radiologue va vous voir. »

Rencontre avec la voix magnétique. La confrontation entre l'« un peu de bruit » et l'explosion nucléaire qui résonne encore dans mes oreilles, me prépare à une interprétation symbolique des paroles à venir. Par exemple, Rien = Tumeur.

— Il n'y a absolument rien.

— Rien ?

— Rien. Il faut revoir votre médecin.

— Bénin ou malin ?

— Quoi ?

— Le rien.

— Bénin. Vous voulez voir l'image ?

Présentation à mon squelette. Je ne reconnais que mes yeux libres dans mes orbites vides. Je n'ai plus de nez, décomposé par les vers magnétiques, plus de lèvres, plus de peau. Le doigt du radiologue appuie sur mon cerveau. Je le sens à l'arrière de mon crâne. Vanité vivante.

J'ai distraitement ausculté mes animaux tout au long d'une matinée grise. Ce n'est pas très utile d'écouter le cœur des chiens. Je le fais par habitude et aussi parce que c'est un moyen d'avoir le silence. Le maître se tait et je peux enfin me retrouver, dans cet espace tranquille où la petite horloge chaude vient sans me gêner, toquer doucement à ma mémoire. J'écoute les cœurs des chiens qui vont plus vite que les nôtres. On y sent une vie plus présente, plus énergique, plus fragile aussi. Cela inquiète les maîtres, la longueur de mon auscultation. Ils soupçonnent une mauvaise maladie. Je rassure. « Le cœur est bon. » Gilberte vient souvent me rejoindre là. Dans le cœur des épagneuls, ces chiens qu'elle aimait.

Et puis elle n'est pas seule.

Elle est avec celle dont j'ai décidé de ne plus parler. Plus jamais. A personne. Même à moi-même. Quand une voix intérieure essaie de s'éclaircir, je coupe court.

C'est arrivé le 3 mai 1998, à 2 h 30.

La mort de ma femme a été réelle et constante comme le précise le certificat qu'il faut signer. Je me suis demandé si au dernier moment, elle n'aurait pas pu s'orienter vers une mort irréelle et transitoire, mais non, j'ai bien vu qu'elle était morte sans hésitation, sans intention de me revenir. Le médecin a parlé d'un vaisseau rompu dans son crâne et d'une maladie des artères. J'ai vécu la suite dans une sorte de flou.

Beaucoup de gens différents m'ont embrassé. J'ai senti des bouches et des peaux sur ma joue. Cela ne m'a pas consolé. J'ai trouvé le contact des autres, râpeux. Je me souviens que l'on m'a encouragé à « faire mon deuil ». Je n'ai pas compris ce qu'on entendait par là. Faire mon deuil, j'ai l'habitude, j'ai un esprit doué pour le noir. J'enterre régulièrement tout un lot de rêves déçus, d'espérances inutiles et de désirs inaccomplis. Faire du deuil, c'est à la portée de n'importe qui. Le meilleur conseil serait plutôt de le laisser faire par quelqu'un d'autre, de le sous-traiter et d'encourager celui qui pleure à faire son espérance, celle que ne partage pas tout le monde, qui demande des capacités spirituelles et mène à la certitude qu'il est possible de retrouver les morts.

C'est difficile de parler d'elle. Je suis prudent avec l'intime. Je n'écris pas avec. Les mots tachent ce qu'ils disent. Il faudrait rédiger proprement, avec du silence, en langue de sympathie qui se volatiliserait après usage, avec des phrases légères moins denses que l'air. Je ne sais pas quand la maladie s'est déclarée. Les médecins ont cherché des événements, des facteurs qui auraient pu… En vain. C'est arrivé comme ça, comme par désenchantement.

— Tu devrais te confesser.
— Pour quoi faire ?

Tû lance souvent des phrases de ce genre. En fermant les yeux pour leur donner du poids. Impossible alors d'en savoir plus.

Félix reprend de manière utile :

— Oui, pour quoi faire ?

Félix a toujours eu ce réflexe de la reprise, qui lui vaut d'obtenir les amitiés de ceux, nombreux, qui aiment être cités. Il vient à notre table partager le verre pluriquotidien. Notre appétence pour l'alcool prend plus de force à mesure que nous prenons plus d'âge. Notre alcoolémie est le seul indice qui progresse à chacun de nos anniversaires. Nous le déplorons en trinquant à la santé de notre amitié solide et trébuchante. Les clients autour de nous se plaignent souvent de l'abandon dans lequel Félix les laisse quand nous sommes réunis tous les trois à la terrasse de son bistrot, mais Félix sait arrêter le temps. Il n'a pas de vocation réelle pour la restauration. Félix a la vocation de rassembler ses amis autour de lui. Il investit beaucoup pour ne rien faire dans son restaurant et être libre de nous rejoindre. Il ne tolère aucune concession. Son personnel augmente en nombre, en dépit des crises. L'argent de son travail passe en presque totalité dans le salaire de ceux qui lui permettent de ne pas l'exercer.

Sa femme l'a quitté pour faire un enfant avec un autre en lui déclarant qu'il n'avait pas la fibre paternelle. C'est un point commun entre nous trois. Elle a ajouté aussi qu'il n'avait pas la fibre conjugale et lui a laissé un stock de « ce qu'il n'avait pas » où nous trouvons beaucoup de ce qui nous manque.

— Une confession pour rencontrer un prêtre. C'est lui qui dira si ton apparition mérite la moyenne.

Tû note. Les événements et les personnes, comme des copies d'examen. Son père, instituteur, lui a transmis cette habitude. Nous recevons donc sur les sujets les plus divers, des commentaires chiffrés entre 0 et 10. Pour la Vierge, Tû n'est peut-être pas le meilleur juge. Une vie réussie, à ses yeux, devant basculer dans le néant, une apparition est synonyme de disparition insuffisante.

— C'est une confession, c'est-à-dire une conversation avec un prêtre.

— J'ai compris, Félix. On avait décidé qu'on ne parlerait plus de cette histoire. J'ai vu quelque chose, je m'en tiens là. Je n'ai pas envie de devenir la nouvelle Bernadette.

— Non. Tu préfères tourner en rond.

Mes deux amis se taisent. Je fais le point. J'ai d'un côté, un bouddhiste radical qui veut en finir avec l'existence, de l'autre, un athée notoire qui me recommande un sacrement qu'il n'a jamais reçu.

— Je suis désolé, insiste Félix, mais ça nous concerne aussi. Je ne suis pas sûr que tu aies le droit moral de garder cette apparition pour toi.

J'ai envie de rappeler à Félix que sur le plan de la moralité, il incarne assez mal le donneur de leçon habilité par lui-même que l'on rencontre fatalement un jour ou l'autre dans sa vie.

— Je reformule. J'ai décidé de m'en désintéresser.

— Et la confession ?

— Hors de question.

Chapitre 6

Le père Baugin accueille tous les jours entre 14 heures et 16 heures. « Accueille » n'est peut-être pas le mot le plus en accord avec l'ambiance de la minuscule boîte du confessionnal, sœur des chambres froides des salles d'anatomie. Le blanc en moins. Les cloisons concentrent l'obscurité et l'air glacé. Un rideau est sombrement tiré sur la place du pénitent. Je m'agenouille au jugé. Le bois craque. L'homme que j'entrevois à travers la grille fait baisser de quelques degrés la température spirituelle du lieu. L'air d'un Russe du Nord sibérien, avec de grosses jointures, des muscles forts sous la robe, des trapèzes en arc, bosselant la chasuble sur ses épaules, des cheveux ras, une tête de cavalier mongol contrarié, avec des os plats.

— Signe de croix.

La voix grave et puissante me rappelle celle de Titus, un de mes patients les plus attachants, doberman psychopathe que sa maîtresse fait livrer à mon cabinet, une fois par trimestre, en fourgon.

Je pense me retirer sans faire de bruit, mais une porte s'ouvre et un nouveau confesseur apparaît.

— Laissez. Je m'en occupe.

Je ne perds pas au change. L'homme qui s'installe est plus avenant. Le père Baugin ressemble à un cyprès. Très long, très maigre, avec des cheveux blancs qui pointent à la cime. Son diacre, précise-t-il, confesse en son absence et assure la sécurité de l'église ouverte aux mendiants qui s'installent dans les chapelles pour la nuit. Le calme règne.

— Je vous écoute.

Je n'aurais pas dû venir. De mauvaises sensations d'enfance remontent. Elles prennent toujours la même forme, respiratoire. Accélération du rythme, oppression thoracique, asthme déclenché par les efforts de mémoire. J'ai l'impression de récupérer d'une course. Rien de surprenant, j'ai passé mes premières années à courir. Le goût de mon enfance, c'est l'essoufflement. Un point de côté a pour moi les vertus d'une petite madeleine.

Je viens d'avoir 13 ans. Mes parents n'habitent plus ensemble depuis mon anniversaire. Pour nous faciliter les choses, ils s'installent dans le même quartier. On nous dit que les appartements sont à côté. En réalité à une demi-heure de marche. Lointains à vol d'enfant. Chacun pense que je passe trop de temps chez l'autre. Alors, je cours pour gagner des minutes. On me dit que je suis libre d'aller où bon me semble, mais je sens qu'il faut courir. Il y a une librairie : « Les 3 marches », à mi-chemin, en haut d'un petit escalier qui donne sur la rue. Quand je quitte mon père ou ma mère, je ne vais jamais chez l'autre, je vais aux « 3 marches ». La libraire me connaît et me fait des signes quand je passe devant sa vitrine, en courant. J'arrive toujours en sueur et chacun m'accueille avec la même phrase : « Tu vas finir par attraper la mort. » J'en déduis que la mort est une maladie infectieuse qui s'attrape comme la grippe ou bien une complication de la course à pied.

— En y réfléchissant, je ne suis pas sûr d'être dans le lieu adéquat. Il ne s'agit pas d'un péché. Enfin je ne crois pas.

Le confessionnal, cercueil debout, rend l'élocution difficile. J'ai envie de justifier ma présence en précisant que des amis m'ont influencé, mais je me rappelle que j'entre dans la cinquième décade de ma vie. Un âge où les excuses aggravent les cas.

— Parlez plus clairement.

Je cherche la formule. Je bute sur le verbe : voir une apparition ? recevoir ? vivre ?...

— Je crois avoir « subi » une apparition.

La voix s'intéresse.

— Sainte ?

— Tout ce qu'il y a de plus.

— Décrivez.

Je décris.

— Comment pouvez-vous être sûr qu'il s'agit d'Elle ?

— Parce qu'elle ne ressemble à personne d'autre.

— Quel âge avez-vous ?

— 51 ans.

— Bien. Quel métier exercez-vous ?

— Vétérinaire.

Un silence accueille cette révélation.

— Catholique ?

— Oui.

— Pratiquant ?

— Pas du tout.

— Bien.

Le crâne sibérien réapparaît à la frontière grillagée du confessionnal. D'autres pénitents attendent. Mon temps est compté. Le diacre contrôle les retards pris par le père Baugin et fait respecter l'horaire.

— Venez me voir après la messe. A 18 heures.

Ma suivante dans le confessionnal est une femme grise, habillée long et sans couleur, le regard fuyant, entre deux âges. Elle disparaît derrière le suaire épais qui recouvre l'espace de pénitence. Je me sens observé. Deux sœurs se signent devant moi et me saluent. Une femme agenouillée interrompt sa prière et me sourit timidement. Des têtes hochent pour acquiescer à une question que je n'ai pas posée. J'entends alors la voix du prêtre monter dans la caisse de résonance de l'église réputée pour son acoustique. Conclusion : ma confession a été transmise en direct aux auditeurs du lieu. Les sœurs m'abandonnent, concentrées sur les nouvelles confidences ouvertes au public. Elles ne sont pas seules, d'autres invités, une quinzaine de paroissiens, installés au premier rang, donnent de l'oreille, inclinés vers le confessionnal. Chacun écoute les fautes avouées et pardonnées de son prochain. Pardonnées ? Voire. Un débat s'ouvre. Je me rapproche des murmures, prêt à signaler au prêtre le problème de confidentialité relative, mais les aveux de la pénitente éveillent ma curiosité. La femme grise se colore dans le péché luxurieux qu'elle détaille avec une troublante sincérité et je décide de prendre place, moi aussi, au bout du rang, avec discrétion. Mais, malgré la voix voluptueuse, je distrais les attentions. L'indifférence pour le sujet abordé derrière le rideau donne la mesure de l'intérêt qu'a éveillé ma confession. Je préfère m'éloigner.

Des doigts osseux effleurent mon bras et glissent dans ma main un papier chiffonné.

— Pourriez-vous lui passer ce message la prochaine fois ?

La voix est autoritaire, énergique. Le corps maigre, le visage sec. Une collerette en dentelle blanche souligne un beau cou à peine ridé. Son sourire est simple et franc.

— Je m'appelle Mariette.

— Pierre Mourange.

— Vous lui donnerez ?

J'hésite.

— Je ne sais pas si elle reviendra.

Mariette ferme sa main sur la mienne, sans la retenir, juste posée. Elle me rappelle une main récente, perdue.

— Je lui donnerai.

Chapitre 7

J'ai écouté le cœur de mes chiens tout au long de l'après-midi. Et puis je suis revenu, en avance, à l'entrée de la chapelle consacrée à la Vierge.

Je connais bien cette église. Je passe devant depuis douze ans en me rendant à mon cabinet, 48, rue des Barres. J'ai vingt-cinq minutes de marche depuis la gare du Nord. J'habite à une quarantaine de kilomètres de Paris, au Bois-Saint-Denis, à l'entrée de Chantilly. Je prends le train tous les matins, en traversant le coin des haras, parmi les chevaux de course, bêtes énervées montées par des jockeys hargneux. Je suis né dans la région et j'ai toujours gardé une sainte horreur des chevaux, en particulier de course. Animaux féroces, selon Tû Minh qui partage la même aversion, et pour qui le léopard a un meilleur fond. Nous étions presque voisins, ses parents habitaient un appartement sur la route de Senlis, à Vineuil. Je le connaissais de vue mais nous nous sommes rapprochés dans le train qui nous conduisait à l'école d'Alfort. Une institution de la médecine animale, qui délivrait autrefois le diplôme d'« artiste vétérinaire ». Nous avons partagé, un été, un stage de formation dans les écuries de l'Aga Khan, entre artistes. Mordus, bottés, écrasés quotidiennement, notre amitié s'est forgée là, contre les chevaux. Le dimanche, nous retrouvons nos décors d'enfance, après avoir quitté nos vieux parents. Le rendez-vous est devant la grande allée des lions qui ouvre la forêt, face au château. Il faut une bonne heure de marche dans le sable pour arriver au bout, entre les arbres anciens et seuls. Tû dont la jambe traîne un peu rechigne et j'ai l'impression de connaître chaque mètre du chemin par cœur. Mais nous revenons. C'est un lieu triste et majestueux donc secourable.

Le père Baugin monte le calice de la communion. Je retrouve les auditeurs du confessionnal, la femme grise qui fait pénitence et Mariette. Je croise des visages bienveillants. On m'offre une place devant. Le groupe se resserre. Lorsque la communion commence, je laisse passer mes voisins, sans intention de les suivre. Je sens que cette décision n'est pas comprise. J'ai fêté ma dernière communion en même temps que ma première, après avoir été renvoyé de l'école religieuse où mes parents m'avaient égaré. Le bras de Mariette passe sous le mien et me soulève gentiment. Je la laisse faire. Le prêtre dépose au creux de ma paume une hostie moins blanche que celle de mes souvenirs. Une hostie en pain perdu.

Plus tard, en attendant devant la sacristie, je déplie le papier sur lequel Mariette a inscrit deux mots : « Guérissez-moi ».

La porte s'ouvre. Le prêtre m'attend en civil, l'air détendu. La pièce est monacale. Au milieu des murs vides, une lucarne jette un tube de soleil pâle sur une petite bibliothèque aux livres serrés et unis par ordre de taille. Sur le bureau, un christ souffrant en bois et une icône de Marie, qu'il tourne brusquement vers moi.

— C'est Elle ?

— Plus ou moins.

Je détaille mon identité et une fois de plus, les circonstances de mon apparition. La Vierge bleue classique, mon calme, son silence. Le prêtre sort de sa poche un paquet de cigarettes et une pipe qu'il bourre d'un tabac épais. Un nuage de fumée obscurcit la pièce. Il entrouvre la lucarne.

— Qu'attendez-vous de moi ?

— Que vous me libériez de cette histoire.

Il m'interroge du regard. Je reprends l'idée directrice : victime collatérale, touchée par une apparition perdue, tirée du ciel, je souhaite régler vite l'affaire en révélant la méprise.

— Je pense qu'il y a erreur sur la personne…

— Alors c'est simple, il suffit de négliger.

Je reste silencieux.

J'ai essayé de négliger. Mais la Vierge m'est apparue, c'est un fait. Je ne peux pas l'effacer d'un revers de conscience. La question est de savoir comment l'extraire de ma pensée puisqu'elle la trouble.

— C'est difficile de dire « oui » à Dieu quand Il n'apparaît pas, tout au long d'une vie qui lui a été consacrée, comme celle d'un prêtre, par exemple. Et vous, à qui Il se montre, indirectement, vous venez me demander comment lui dire « non » ?

— Vous pensez que je suis un illuminé ?

— Ne soyez pas si ambitieux.

— Un imposteur ?

— Je ne dirais pas ça. Apparitions, rêves prémonitoires, fantômes, tout cela partage la même nature. Celle de la force très puissante qui façonne avec l'argile de notre inconscient. Tout est vrai, je n'ai jamais admis d'imposteur dans ce bureau, monsieur Morange.

— Mourange.

— Pourrais-je vous présenter à un paroissien qui me tient particulièrement à cœur ?

Il passe dans la petite pièce attenante à la sacristie et revient avec une boule de poil blond au milieu de ses bras que j'identifie au premier coup d'œil. Un lhassa.

— Abandonné à la naissance. Son premier sauveur me l'a confié à Noël dernier. Le recueil des animaux n'est pas un service recommandé par notre évêque, mais je ne pouvais décemment pas abandonner cette créature, une seconde fois, le jour de la venue du Christ. Je suis inquiet, il a des poussées de fièvre.

— C'est pour le chien que vous m'avez fait revenir ?

Le père Baugin regarde avec un certain amusement ma mine déconfite de vétérinaire voyant.

— Vous savez, les enquêtes sur les apparitions dépassent souvent le cadre religieux. Il faut les replacer dans la vie de tous les jours.

J'examine le chien, assez ralenti sous ses poils, les yeux rougis, le museau froid. Le petit corps accepte la main qui le palpe.

— Venez demain après-midi à mon cabinet.

Je me lève, mais il me retient.

— Croyez-vous aux esprits monsieur Mourange ?

— Pas du tout.

— Avez-vous trouvé une ressemblance entre la Vierge et quelqu'un qui vous a été proche ? Une femme, une enfant...

— Non.

— Vous savez, il y a toujours une raison pour une apparition. Cette raison, c'est l'intranquillité. Du voyant ou du monde qui l'entoure. Mais il y a quelque chose de troublant dans votre affaire.

Je cherche le regard du prêtre à travers la fumée.

— Je ne parle pas du choix de la Sainte Mère qui se montre finalement assez communément et souvent à des individus dénués du moindre intérêt apparent. Ce qui me trouble, c'est votre manière de la recevoir.

— Ma manière ?

— Oui, le manque d'éblouissement.

Chapitre 8

— Il faut que tu fasses du sport. Je viens te chercher samedi, avec Solange. On ira rouler.

Mon frère pratique le vélo avec un gilet phosphorescent, un casque en caoutchouc noir et un masque filtrant. J'ai toujours été surpris par la volonté de se protéger. A vélo surtout. Et plus généralement, je ne suis pas en phase avec les gens équipés. Les équipés ne plaisantent pas. Vous les retrouvez dans tous les sports, dans toutes les activités de la vie courante. Il y a dans l'équipement une volonté de nuire. Aux non-équipés précisément, c'est-à-dire à cette foule d'inconséquents qui n'anticipent pas les drames, les euphoriques du quotidien à rééduquer par l'exemple. Les équipés sont carrés. Ce sont souvent les mêmes qui vérifient que les lois sont bien appliquées, surveillent attentivement vos faits et vos gestes et représentent dans l'anonymat urbain une source de contrariété à peu près inépuisable.

Ma belle-sœur pédale aux côtés de son époux avec des petites boules clignotantes en couronne autour de son casque pour signaler sa présence à son prochain afin qu'il ne se précipite pas sur elle. Précaution qui m'a toujours semblé inutile.

Mais, l'intention n'est pas mauvaise.

Je rejoins mes deux professionnels à la lisière du bois. Ils m'attendent juchés sur deux vélos si semblables qu'un tandem aurait aussi bien fait l'affaire. Les vélos sont verts, pomme, comme la tenue du cycliste où d'autres couleurs criardes crient. Tout est laid à vélo. La machine et l'être qui la chevauche. La bicyclette a été inventée par un misanthrope créatif pour ridiculiser l'être humain et distiller une pollution esthétique, sur laquelle les consciences écologiques matérialistes ne s'attardent pas assez.

Solange ouvre la route et je suis semé en quelques minutes. C'est le moment du pensum familial que je préfère, le moment où la famille disparaît. Je cherche un sentier perpendiculaire pour les perdre tout à fait, mais Solange a l'esprit de groupe et revient en pédalant à toute vitesse vers ma forme oscillante.

— Tu traînailles.

— Oui.

Pour Solange, on ne traîne pas, on traînaille. On ne rêve pas, on rêvasse. Elle a le réflexe du suffixe lourd. J'essaie de la suivre mais elle s'éloigne, ce qui dans toute autre circonstance serait une satisfaction. Je pousse sur ma pédale comme je peux.

Je m'essouffle. Je pose le pied. Elle fait demi-tour et tourne autour de moi, en mouche. Je confie après une longue inspiration :

— J'ai de l'asthme.

— Mais non.

Solange a aussi une formation de pneumologue.

Je halète sur le bord du sentier en pensant que ma dernière heure ne méritait pas ça. L'absolution d'une cycliste verte, comme dernière image de la terre. Elle redresse mon vélo et attend que je me relève. J'ai trouvé une solution d'urgence, dans ces situations, je déraille. Une préparation préalable simple sur les plateaux me permet en un coup de talon bien placé de faire sauter ma chaîne. Je talonne, mais Solange ne se décourage pas.

— Ne t'inquiète pas, c'est une petite panouille. Je vais t'arranger ça.

Elle sort d'une boîte à outils cachée sous sa selle un tournevis recourbé et retend ma chaîne en moins d'une minute.

Nous nous retrouvons tous les trois au bar de l'effort accompli. Au poids de leur regard que j'ai appris à mesurer avec le temps, je sais qu'il se trame quelque chose. Mon frère a gardé sa casquette de professionnel à pois en déviant la visière sur le côté pour tester la bonne humeur du serveur apparemment assez rétif à tout projet d'hilarité.

— J'ai invité tes amis ce soir. Félix et ton Chinois.

— Il s'appelle Tû Minh.

— Il y aura aussi une de nos amies.

Voilà. Solange prend une à deux fois par trimestre la décision de sauver mon existence de son désert affectif. Ses choix sont le plus souvent de tragiques méprises. Ils nous conduisent sur la pente du dîner souffrant et désespéré qui ne demande qu'un dernier service à la vie, le coup de grâce pour l'abréger. Je n'ai pas réussi à décourager la venimeuse bonne volonté qui resserre ses anneaux autour de ma gorge. Mes amis sont conviés pour améliorer l'ambiance et me forcer à venir. Peut-être aussi parce que Solange espère « faire d'une pierre trois coups ». Sans chahut. Félix a divorcé du mariage et Tû, des êtres humains, en particulier des femmes à forte espérance de vie, autant dire que l'optimisme de Solange est un défi aux lois des probabilités. Discernant une ombre de scepticisme dans mon regard, elle souligne qu'elle ne nous présente que des femmes convenables. C'est-à-dire convenues.

Simon, solennel, m'interroge devant le thé qu'il a commandé pour moi, après avoir annulé ma bière.

— Comment vas-tu ?

— Bien.

— Tu n'as pas l'air.

Solange acquiesce, la bouche pincée sur sa cuillère.

— Tu as vu ton…

Les points de suspension se lisent dans l'espace de silence. J'ai l'habitude. Mon frère propose souvent des « pendus » dans les phrases qui me sont destinées, pour mon accablement hebdomadaire. Tout ce qui concerne le monde de l'esprit est innommé dans cette pensée médicale et fibreuse. Le cœur est un muscle.

— Ça s'appelle un psychiatre, Simon. Oui. Rassure-toi, je le vois.

— Tu continues ton…

— Analyse. Pendu.

Simon va droit au but. Je dois refaire mon existence dans un délai rapide compte tenu de mon pronostic vital menacé. Solange précise que mon hygiène de vie n'améliore pas mes chances, d'après les études auxquelles elle se réfère inlassablement et qui m'enterrent tous les dimanches.

— Elle s'appelle Angela, c'est une Italienne, bellissime.

Angela, je n'y crois pas. Il n'y a pas dans les Yvelines d'Italienne « bellissime » amie de Solange Mourange, portant le prénom d'Angela.

Je pense à Mariette. A sa voix et à sa guérison aussi. Simon se penche vers moi et complice avoue :

— En fait c'est Angèle, mais tu verras, elle va te plaire.

Il précise l'historique. Amie de la famille de Solange, militante verte active, italienne en août pour les vacances, sportive et patiente de Simon.

— Patiente ?

— Oui. Je la suis pour une petite angine de poitrine.

— Rassurant pour un veuf.

Chapitre 9

J'ai glissé vers ce dîner avec résignation. Mes amis m'ont rejoint en me reprochant mon manque d'enthousiasme. Angèle est entrée accompagnée de Solange, sourire perché. Grande, brune, bronzée, air doux. Simon a décidé que nous serions tous très heureux d'écouter quelques-unes de ses imitations. La soirée a donc commencé par sombrer. Lestée par des blagues dont les chutes ont été couvertes par le rire de Solange en cymbale contre mon oreille gauche. Je m'absente. Comme je fais souvent. En accrochant une expression joviale sur mon corps déserté et en allant promener mon esprit ailleurs. Je vais parfois le reposer au-dessus de la vieille armoire dont Simon a hérité, sur le bois qui m'a vu naître. Et de là-haut, je regarde tranquillement les lieux où je ne suis plus. Le coude de Solange, qui fait participer son voisin de table à son hilarité en percutant ses côtes sans avertissement préalable, me reconvoque en moi-même. Angèle rit beaucoup. C'est toujours mystérieux de voir à quel point le rire des femmes peut faire succomber leur séduction. Je parle du vrai rire, en éclat, pas le rire de conversation. Il y a quelque chose de masculin dans cette fonction. Le rire est le propre de l'homme, pas de la femme. Une femme qui rit, découvre sa brutalité, son archétype masculin. C'est troublant, on sent l'écart fondre entre nous, la différence sexuelle s'indifférencier et le désir couler à pic. Il faut rester aux bords extrêmes du sourire, sur l'accent relevé des lèvres et interrompre le processus ensuite, quitte à devenir sinistre.

Simon a décidé de tenir mon apparition au secret pour ne pas faire mauvaise impression. La conversation dévie pourtant vers le ciel, vers le zodiaque qui passionne Angèle et auquel Solange l'a initiée. Ma belle-sœur est très investie dans la recherche astrologique, dressant des cartes à ceux qui le demandent ou non. Elle a pris des cours. Elle prend d'ailleurs énormément de cours sur énormément de sujets de conversation. Elle m'a demandé un jour de deviner son signe, en précisant à ses amies horoscopiques, témoins de la scène, qu'il fallait pardonner mes erreurs par anticipation, le niveau de ma culture céleste étant voisin de celui de la mer. Elle ajoute, bienfaisante, lorsqu'elle me présente à mes prochaines qu'un deuil douloureux m'afflige, leur recommandant la plus haute compassion. Pour Solange, il faudrait créer un signe aérien et subtil : hirondelle, colibri…

Tû Minh parle peu pendant les repas, minimaliste dans ses réponses et ne posant aucune question. Solange l'a placé à l'extrémité de la longue table en chêne massif, massive concession pour une militante de la reforestation. Tû, isolé, paraît paisible. Son temps de parole a été consommé au début du repas, lorsque Angèle l'a interrogé sur ses travaux en cours. Tû a signé un contrat avec le Val de Loire pour une étude sur la prolifération des rats musqués dans la région et leur rôle dans la transmission de la leptospirose, une jaunisse mortelle dont il nous a détaillé chacune des étapes pré-agoniques. Le département lui envoie des cadavres à disséquer et il invite l'amateur intéressé à se joindre à lui pour un thé vert dans son laboratoire autour des pièces à analyser. Nous avons écarté un peu nos chaises pour laisser notre ami à ses méditations et la conversation s'est abattue sur nos épaules à tour de rôle. Simon déroule de blague en blague, le linceul de la soirée. Félix participe avec bonne humeur, glissant d'armagnac en armagnac vers un état de vie apparente. Moi, j'essaie de m'intéresser à Angèle qui fait de son mieux, attentionnée, préparée. Elle est juste. Rien à dire. Avec la beauté moyenne que je mérite, un esprit curieux et bienveillant. Tout ce que l'on attend pour une seconde chance.

Solange nous a proposé de « passer au jardin ». Elle va nous laisser seuls, après nous avoir promis une infusion qui va infuser interminablement dans sa cuisine avec ses gloussements. Je voudrais dire à Angèle que je suis simplement désolé, d'être là sans y être. Je pourrais prétendre que j'ai rencontré quelqu'un. Une femme lumineuse, perchée à un petit mètre de la surface terrestre sur un croissant. Mais je n'ai rencontré personne.

Nous avons pris, embarrassés, congé l'un de l'autre et échangé nos numéros de téléphone pour ne pas décevoir nos hôtes. Elle est partie la première. Simon a serré mes épaules devant mes deux amis vaporeux derrière leur quatrième verre d'armagnac, en déclarant, joyeux : « Les femmes tombent dans ses bras fermés. »

Diagnostic clairvoyant.

De retour chez moi, je me suis allongé sur mon lit et j'ai pensé à celle qui ne m'est pas apparue.

Je n'ai aimé qu'une seule personne sans avoir peur, ni de la séparation car elle était impossible, ni de la mort car j'étais sûr de mourir avant elle. Depuis, je n'ai pas laissé passer les années, je les ai laissées tourner. J'ai réussi à les contraindre au mouvement circulaire en m'installant dans une routine fermée et saturée de situations connues, de rencontres déjà faites. J'ai voulu rester au point même où ma vie avait été ensevelie, comme un repère pour une exploration future.

Au cimetière, j'étais mort. Plus qu'elle. C'était injuste d'ailleurs cette cérémonie, ces honneurs pour elle, et pour moi, rien.

Qui est le mort ?

C'est la question que l'on devrait poser lors d'un enterrement.

Quand elle est partie, je me suis répété les mots que l'on ne prononce jamais dans cette situation : « Ce n'est pas grave. » Personne n'ose les dire. C'est une phrase qui ne paraît pas consolante et qu'on ne propose pas à l'endeuillé. On a tort. Ce sont les seuls mots vrais.

J'ai un mauvais souvenir de la chaleur de mes prochains. Seul Félix m'a aidé, en sage, en m'enivrant tous les soirs, puisque les défunts entrent en solution dans l'alcool. Tû Minh aussi, qui paraissait content pour moi et dont les condoléances ressemblaient à des félicitations comme pour un mariage. Je les trouvais justes.

En vidant mes poches, je découvre des bouts de papier repliés. Des mots sont griffonnés, des écritures différentes. Les amies de Mariette ont suivi son exemple et les vœux ont été glissés dans ma veste, sans que je m'en aperçoive. Je les ouvre un par un. Il y a des enfants à retrouver, des maladies à soigner et des chagrins imprécis supposés connus, à guérir. Il y a aussi des demandes de pardons et de bénédictions. Des dizaines de papiers légers que je dispose autour de moi. Je les relis et je sens refluer cette mauvaise solitude qui me rejoint toujours dans ma chambre, pour écarter le sommeil à peau sensible, allergique au contact des dormeurs inquiets. J'accroche les messages sur les murs. Une punaise pour chacun. Je me couche parmi eux et j'attends.

Chapitre 10

Rendez-vous rue Saint-Vincent, diocèse de Paris, avec Monseigneur Douze, évêque. Un homme rond, proche de frère Tuck, l'ami de Robin des Bois, comme je l'imagine, rouge et joyeux. Nous prenons place avec le père Baugin dans son vaste bureau. La rumeur de l'apparition est remontée et j'ai suivi le conseil de respecter la procédure pour l'éteindre au plus vite.

L'évêque paraît amical et me propose une pâte de fruits extraite d'une large boîte ouverte dans un tiroir. Entre le tabagisme et la gourmandise, je n'ai pas encore rencontré d'homme de Dieu tout à fait détaché des tentations du monde. Il nous présente au quatrième occupant de la pièce, un peu à l'écart, debout près de la porte, l'air d'un croque-mort, avec une maigreur en relief et un complet noir.

— Je vous présente l'abbé André, notre psychologue, expert auprès du diocèse, qui m'assiste.

Un dossier à mon nom est posé sur le bureau. Nous restons tous en silence relatif, les secondes nécessaires pour mâcher les pâtes qui rechignent à fondre. L'évêque s'adresse à moi d'une voix assurée.

— Monsieur Mourange, votre temps est compté, le mien aussi. Pour ne pas perdre des minutes précieuses, je vous résume rapidement ma pensée. La Vierge existe. Elle est un des piliers de ma foi. Je n'ai aucun doute sur la question. Raison pour laquelle, l'apport des voyants à mes certitudes théologiques m'a toujours paru, comment dire, superflu. Je les rapproche du lest que l'on peut lâcher du haut d'une nacelle, pour monter plus vite jusqu'aux cieux. Vous comprenez l'image ?

— Je comprends.

— Bien. Le père Baugin que je connais, pour avoir partagé avec lui quelques années aux missions, a toute ma confiance et m'a raconté votre expérience par le détail. S'il croit en vous, monsieur Mourange, je crois en vous. La décision d'officialiser votre apparition est, je vous le rappelle, à ma charge, Rome se contentant d'appliquer les sceaux de confirmation. Les Italiens ne décident de rien. Ce qui, entre nous, devrait être la règle pour la conduite générale de notre Église. Je vais vous laisser raconter les événements comme vous les avez vécus à notre expert qui appréciera. J'ai besoin de son évaluation. Quant à moi, je vous confesse un intérêt limité pour votre affaire. Les apparitions compliquent les choses, elles donnent de la fièvre à la foi qui aujourd'hui a surtout besoin de fraîcheur. Au XXIe siècle, elles sont comme une écharde au pied de notre Église. Vous comprenez l'image ?

— Je comprends.

— Bien. La question que je me pose, monsieur Mourange, est celle-ci : à quoi nous sert votre vision ? D'après le père Baugin, vous êtes un voyant, comment dire, peu dynamique. Vous avez un statut social élevé, vous êtes presque parisien, ce qui est un handicap que seule Catherine Labouré, notre fille de la rue du Bac, a surmonté en 1830. Vous n'allez pas remuer les foules, sauf miracles. La Vierge n'a peut-être pas envie de partager avec quelqu'un d'autre sa venue auprès de vous. Je n'ai pas l'intention de lui forcer la main. Je vais être direct, j'ai le pouvoir d'enterrer votre apparition ou de la faire dormir dans nos archives, qui ont pour point commun avec les limbes de retenir durablement le visiteur. Cela vous conviendrait-il ?

J'acquiesce. Il se lève, satisfait, en priant le père Baugin de le suivre.

— Nicolas, laissons l'abbé à son travail.

Je me retrouve seul, face à mon expert.

Le psychologue se présente avec gravité et me précise qu'un Luc Morange a partagé ses premières années de séminaire à Sainte-Clotilde, à Strasbourg, non loin de la cathédrale. Je ne connais ni la personne, ni le lieu, déception pour mon interlocuteur qui débute mon interrogatoire sèchement, par des tests de personnalité. Il me présente des éclaboussures violacées sur des fiches numérotées. Je dois sans réfléchir relier ces formes informes à des images précises dans mon esprit. Je vois essentiellement des taches d'encre, ce qui éveille les soupçons de mon expert.

— Que vous évoque le mot virginité ?

— La naissance.

— Et à un âge plus mûr ?

— La renaissance.

— Je vois.

L'abbé aligne des chiffres sur un carnet. S'il s'agit de mes notes, ma moyenne va être navrante, les chiffres oscillent entre 1 et 3.

— Si vous aviez voulu être un personnage célèbre, lequel auriez-vous choisi ?

— Sherlock Holmes.

Je quitte l'évêché en compagnie du père Baugin. Les résultats des tests seront connus dans quelques jours. D'autres expertises pourraient être à prévoir. Je n'y tiens pas. Le prêtre me rassure. La réunion d'aujourd'hui était nécessaire. Pour les prochaines, il a décidé, en accord avec l'évêque, de laisser couler de l'eau sous les ponts. « Vous comprenez l'image ? » ajoute-t-il en souriant.

Chapitre 11

— Cinq personnes attendent sans rendez-vous.

— Quels animaux ?

— Pas d'animaux.

Je jette un coup d'œil à travers l'embrasure de la porte. La salle est pleine. Des femmes, âgées, silencieuses, assises côte à côte. Je reconnais des visages de l'église.

— Dites-leur que je ne reçois personne sans animaux.

Rose Marie les disperse puis revient. Elle reste comme toujours un peu à l'écart, sans s'éloigner de la porte de mon bureau, pour s'éclipser vite si elle sent de l'épaisseur entre nous. Elle a arrêté de fumer depuis un an et lorsque ses doigts glissent le long de ses lèvres à la recherche d'une cigarette virtuelle, je sais qu'une phrase difficile se prépare.

— Mme Beryl a appelé.

Mme Beryl… Louise. Rencontrée à la terrasse de Félix, il y a deux mois. Par hasard, c'est-à-dire par Félix. Vieille amie qu'il a fait semblant de redécouvrir pour me la présenter. Jolie brune, pétillante, 40 ans, célibataire par goût et disponible. Nous avons passé la première nuit du premier soir ensemble. J'ai été félicité le lendemain par Tû et Félix qui paraissent toujours au courant du plus intime de mon intimité, en temps réel. J'en déduis qu'une surveillance a été mise en place autour de moi, par ceux qui m'aiment et m'espionnent en amis doubles.

Depuis que je vieillis, je plais aux femmes. Je ne peux pas m'en vanter. Elles ne sont attirées que par des qualités que je n'ai pas. Elles s'intéressent à un autre qui s'habille de mon apparence. Elles voient un homme seul, avec un métier, un appartement, une espérance de vie supérieure à quelques mois, un passé à consoler. Bref, celui que je suis et que je ne suis pas. Je les laisse flotter à ma surface, c'est mon seul talent. La maturité m'a donné la séduction lointaine que seules les femmes seules sont capables de distinguer à leur horizon. Personnellement, je trouve que l'apport du temps est discutable, surtout lors de ma contemplation dans le miroir de la salle de bains, le soir, après le repas et la douche, lorsque la serviette qui me recouvre chute à mes pieds. Pour rire.

Les femmes célibataires intéressées par les hommes de plus de 50 ans pullulent. Le veuf, sans tare physique repoussante, socialement présentable, qui peut prouver qu'il n'a pas assassiné sa dernière épouse, n'a que des efforts limités à fournir pour déclencher un intérêt surestimé. Je déçois ensuite mes conquêtes, comme tout homme normalement constitué, mais en douceur, en leur montrant que je ne suis pas celui qu'elles croyaient. Elles s'en veulent de cette erreur de jugement. Je donne l'impression de devoir être consolé et je montre peu à peu que je suis attaché à mon humeur maussade, ce qui éloigne. Je ne rejette personne. Je ne trompe jamais. Je ne suis pas pressé. C'est le secret pour être bien quitté.

Louise, le jour de notre séparation, m'a expliqué que je n'étais pas un homme d'avenir. Juste sentence. Je n'avais pas d'enfants pour m'éterniser et je préférais les animaux. C'est vrai. J'ai un chien aîné que j'aime par-dessus tout et qui me le rend bien. Il fait semblant de tomber malade pour que son maître le conduise à moi. Je prétends que je dois rester seul avec lui et il se couche à mes pieds pendant que je signe mon courrier ou que je laisse ma pensée vagabonder avec la sienne. Ses rechutes sont nombreuses, ce qui montre à quel point nous nous aimons. Je me sens un peu coupable pour le règlement des consultations, mais le chien va mieux. Si j'avais été père, j'aurais voulu que les choses se passent comme cela. Un fils qui ne serait pas malade et qui passerait quelquefois échanger un peu de chaleur, sans mots, pour soigner les affections subtiles.

Depuis une semaine, Louise m'appelle plusieurs fois par jour pour savoir comment je vais. Je la trouve un peu exaltée, impression confirmée par une arrivée impromptue dans mon cabinet, au milieu de la matinée.

Je la reçois sous le regard sombre de Rose Marie.

Elle m'explique qu'elle s'en veut férocement d'avoir mis fin à une relation aussi reposante que la nôtre et qu'elle sent ma blessure palpiter. Je la rassure, mais sans la convaincre. Elle tient à distinguer dans notre rupture, la séparation d'esprit nécessaire et la séparation de corps qui peut être aménagée.

— Qu'est-ce que tu veux dire par « aménagée » ?

Elle se rapproche, câline.

— On pourrait quelquefois…

Rose Marie entre dans le bureau sans frapper pour s'assurer que je ne manque de rien et rappeler l'impatience des chiens de la salle d'attente qui à l'oreille me paraissent plutôt tranquilles. Je confirme que l'entrevue va se terminer.

A son départ, Louise m'embrasse par surprise, très énergique, griffant douloureusement mon épaule à travers la blouse et me repoussant vers la salle d'examen entre les seringues préparées pour les vaccinations. J'essaie d'éviter les premières ampoules mais elle me déséquilibre. Je rate à un millimètre l'injection contre la rage, mal tolérée par un organisme humain, dans sa forme réservée aux chiens. J'arrive à la réorienter sur la conversation. Elle me propose des rendez-vous imprévus. Je ne l'ai jamais vue dans cette humeur.

Je décide de ne pas la contrarier. Les seringues pointent autour de nous. Elle me dit qu'elle ne veut pas prévoir. On ne prévoit pas. Elle viendra à l'improviste, au gré des pulsions…

— Au gré… Je pense qu'il faudra un peu s'organiser…

Son débit s'accélère.

— Te prévenir ? D'accord. Je t'envoie un message.

— Quel message ?

Elle m'embrasse en mordant vigoureusement ma lèvre inférieure. Je reconsidère ma position sur la vaccination contre la rage chez l'être humain. Elle arrache ma blouse. Les boutons filent dans la pièce. Elle se déshabille d'une main, l'autre me maintient allongé sur la table. Je sens son corps contre moi et la chaleur de sa peau réveille les souvenirs. Du bout du pied, je repousse la porte de la salle d'examen. J'essaie d'analyser la situation qui évolue très vite. Si vite, que je décide de ne pas l'analyser mais de la vivre.

Lorsque Louise sort de mon bureau, Rose Marie lui jette un regard coupant qui se détourne sur la peau de ma gorge. J'appelle le premier chien pour disparaître.

Au déjeuner, je raconte la scène à la terrasse de Félix.

Mes deux amis m'écoutent, Félix en hochant la tête.

— Ça n'a pas l'air de te surprendre ?

Il confirme.

— Je savais qu'elle avait eu des problèmes.

— Quel genre de problèmes ?

— Des séjours en psychiatrie.

Je regarde mon ami, qui vide tranquillement son verre, les yeux vers le ciel, semblant y chercher quelque chose. Il a ce don de pouvoir m'exaspérer sans prononcer le moindre mot, avec cet air d'innocence doucereuse qu'il sait aussi convertir en sourire niais, plus lisiblement fourbe. J'essaie de garder mon sang-froid. Je récapitule.

— Tu m'as donc présenté une de tes amies qui a été hospitalisée plusieurs fois en psychiatrie. C'est bien ça ?

— Oui, je ne voulais pas la stigmatiser.

— Et moi ?

— Quoi toi ?

Il ne paraît pas comprendre.

— Je ne sais pas, essaie d'imaginer. Un soir de décompensation. Un motel, une douche, moi dedans, en noir et blanc et Louise Beryl aimable, avec une perruque et un couteau de cuisine à la main…

— Elle n'a été qu'une fois en secteur fermé et de toutes les façons…

— Oui ?

— Je ne stigmatise pas.

Félix se lève à propos pour aller servir un client, avant la montée d'une réaction violente. Je reste seul avec Tû. J'interroge prudemment.

— Qu'est-ce que tu en penses ?

— Je pense qu'il vient de l'apprendre.
— Quoi ?
— Le mot « stigmatiser ».
— Mais sur l'affaire ?
Tû prend son temps pour répondre.
— Rien.
— Merci pour ton aide, Tû. J'ai déjà constaté quand on te demande un avis, que tu as souvent du mal à choisir entre le vote blanc et l'abstention.
— Félix a raison.
— Félix a raison ?
— Oui. Tu as tendance à stigmatiser.

Chapitre 12

Il y a des femmes qui n'ont aucune ambition sexuelle.

L'institutrice de la maternelle de la rue des Archives passe souvent à la sortie de l'école, voir Rose Marie dont elle est amie.

Je l'observe, entre deux chiens, emmitouflée dans ses vêtements, habillée contre, les manches tirées, le col de son chemisier en minerve sous son menton et la chute de sa robe, abrupte sous les genoux noircis d'un collant encre.

Et je ressens une extraordinaire absence de sensation.

Son visage fait buter le regard sur des reliefs qui pourraient être corrigés.

Je suggère depuis longtemps de lui conseiller quelques améliorations artificielles, mais Rose ne les recommande pas. Pour Rose, les défauts physiques sont des gargouilles, des laideurs utiles comme ces monstres en pierre qui drainent les eaux des cathédrales vers l'extérieur. Sans elles, les mélancolies s'écoulent en soi.

Rose la retient, quand je suis auprès d'elle. La comparaison lui va bien. Je la soupçonne de la faire venir volontairement pour bénéficier du contraste.

— Et si elle rappelle ?

— Quoi, si elle rappelle ?

— Mme Beryl…

— Vous me la passerez.

Elle cherche la cigarette invisible à sa bouche.

— Non, je ne crois pas.

Les femmes de l'église réapparaissent.

— Elles reviennent.

— J'ai dit…

Rose me coupe.

— Elles ont des animaux.

J'ouvre les portes. Elles entrent derrière Mariette qui tient une cage à oiseaux. Je compte cinq canaris. Un pour chacune. Je jette un coup d'œil aux volatiles qui paraissent vigoureux, autant que je puisse en juger, mes connaissances en pathologie aviaire étant à peu près nulles. J'interroge, embarrassé, sur les symptômes.

— Ils ne sont pas malades. Ils sont pour vous.

Je reçois la cage et une fiole transparente que Mariette me tend énergiquement.

— Eau bénite. Vous soignerez mieux avec ça.

Les femmes me remercient et s'en vont l'une après l'autre, sans dire un mot. Mariette reste. Elle installe la cage dans ma salle d'examen, près de la fenêtre, ouvre la pharmacie pour y placer l'eau bénite et tourne d'une pièce à l'autre, vive, pressée, en faisant l'inventaire du cadre de ma vie.

Mariette est belle. C'est une curiosité qui m'avait échappé à notre rencontre, mais sa beauté est première, devant sa vieillesse. Visage ouvert, bouche en amande, yeux longs et clairs qui ne s'attardent pas, qui vont vite sur les cibles. Elle parle vite, marche vite, décide vite. Elle me plaît. Comme une femme. Puisque je ne dis rien, elle répond aux questions nécessaires, la carte de vie à présenter avant de se connaître.

— Mon père était ingénieur, poète, érudit et veuf. Il m'a élevée. Il est mort quand j'avais 14 ans. Quand on me demande si je me souviens de lui, je dis non. Je n'ai pas besoin. Il est aussi présent que cette table ou que vous en face de moi. Qu'est-ce que vous voulez savoir de plus ?

— Je ne veux rien savoir.

— J'ai épousé, très jeune, un homme simple et silencieux. Je ne peux pas dire que je ne l'aimais pas. Je ne l'aimais pas assez pour être heureuse, c'est tout. A sa mort, j'ai voulu être religieuse. J'ai rencontré le père Baugin pendant mon noviciat. J'ai rapidement déposé mon voile, je n'étais pas faite pour cette vie, j'avais besoin d'action. Le père Baugin partait en mission, il a accepté que je l'accompagne.

Mariette accélère. Elle ne veut pas s'attarder, elle juge l'exercice inutile. Ses souvenirs font des portraits qui ne lui ressemblent plus. J'aime bien sa manière de se débarrasser des conversations.

Elle a suivi le père Baugin dans une mission en Amérique du Sud. Elle a été convertie, là-bas, à la médecine indienne qu'elle a voulu importer à son retour, avec un succès relatif, jusqu'à sa rencontre avec un pharmacien bienveillant qui possédait une officine près de Saint-Gervais. D'origine colombienne, sa sensibilité s'accordait à celle de Mariette imprégnée de Nouveau Monde. A sa mort, il lui légua une partie de sa fortune et l'intégralité du stock de sa pharmacie.

— Il était un peu alchimiste, j'ai appris avec lui le secret des préparations, les dilutions, le langage des plantes. Je soigne, depuis. J'ai une petite clientèle.

Elle ne me pose aucune question sur ce que j'étais. C'est parce qu'elle s'intéresse à moi.

Elle applique la théorie antique des signatures où les maladies se reconnaissent dans les silhouettes des plantes qui les traitent. Mariette me trouve des points communs avec le saule pleureur. Elle me promet une décoction d'écorce qui devrait me fluidifier.

— A quelle plante ressemble-t-Elle ?

— La Vierge ?

— Oui, répondez sans réfléchir, simplement en la revoyant.

La Vierge était en suspension dans l'espace et oscillait de droite à gauche, souplement.

— Alors ?

— A une algue.

Mariette désapprouve.

— Vous n'avez pas l'air de beaucoup y tenir.
— A quoi ?
— A ce que vous avez vu.
— Pas plus que cela.
— Vous devriez m'envoyer vos chiens.
— Vous soignez aussi les animaux ?
— Je soigne toutes les créatures de Dieu.
— Pourquoi vos amies sont-elles venues ?
— Parce qu'elles ont confiance.

Elle plisse ses yeux, en pointant la bouche vers moi. C'est l'expression de Mariette. On a l'impression qu'elle se prépare à dire oui.

— Pourquoi auraient-elles confiance en moi ? Le père Baugin m'a dit qu'il recevait en confession plusieurs témoins d'apparition chaque semaine.
— Vous, c'est différent.
— Pourquoi ?
— Question de ton.

Chapitre 13

20 avril.

Trois semaines depuis Marie.

Depuis Marie ?

Les pages de mon carnet sont restées blanches. Je cherche des idées utiles à noter, pour donner du sens à cette rencontre. Mais quel sens ? J'ai été attentif. J'ai cherché des conséquences actives sur mon humeur, sur la triste vision de ma vie, sur cette distance que je n'arrive pas à raccourcir entre celui que je montre et celui que je suis. Pour rien. D'ailleurs à qui la Vierge est-elle apparue ? A Pierre Mourange ? Vraiment ? Alors pourquoi hors de lui ? A l'extérieur ? Comme un objet.

Le petit matin s'est levé insensible sur un nouveau mercredi.

Deux chiens m'attendent pour une dernière visite.

Je traîne les pieds sur les pavés de la rue en pente. Ils sont en avance, comme toujours. Un caniche et un labrador. Je salue gravement la salle glacée. Je regarde le museau des chiens, leur brave gueule résignée. Je leur fais mes excuses des yeux, mais je sais qu'ils ne m'en veulent pas. Je vérifie dans mon armoire à pharmacie que les ampoules sont là. Tout ira très vite. Le service d'enlèvement viendra après, pour emporter les dépouilles et les remords à dissiper avec elles dans la braise d'un crématorium, quelque part à l'est de Paris. Je respire avant d'ouvrir. Je respire profondément.

La porte s'entrebâille et la bouche en oui de Mariette apparaît. Je la fais entrer. Elle a décidé d'intervenir dans ma vie. Je lui parle de mes mercredis, des deux chiens qui attendent dehors et de la voix intérieure qui me dit que je n'arrive pas à changer les choses. Elle réfléchit en oscillant la tête. Elle oscille d'ailleurs souvent de la tête. Elle tremble aussi des mains qu'elle gante pour cela, pour trembler moins visiblement.

— J'ai une solution.

— Il n'y a pas de solution.

— Laisse-moi faire.

Mariette me tutoie depuis quelques jours et je m'y mets doucement, prudemment, pour ne pas faire de faux pas sur la corde fine tirée entre nous. Elle a demandé à ses suivantes de ne plus m'importuner et de me laisser du temps pour présenter leurs requêtes à qui chacun sait. Elle me protège. Je la vois, sans heure précise. Elle ouvre la porte de mon cabinet et entre.

Dans ma salle d'attente, les adieux ne s'éternisent pas. Chacun se sent coupable, les maîtres d'abandonner leurs compagnons et moi de ne plus savoir les soigner. Les chiens ont décidé de partir ensemble et grognent quand on veut les séparer. Rose Marie tire sur les laisses vers mon bureau où m'attend Mariette. Les maîtres hésitent sur le seuil et s'en vont. J'ai reçu un peu d'argent, j'ai été remercié et une voix m'a dit que tout était très bien comme ça.

Rose m'a préparé un café. Je vais retrouver les chiens, en quittant la main qu'elle laisse à côté de la mienne, quand nous buvons en silence, sans forcer le temps. Les autres jours, je ne vois pas la finesse de ses doigts et je néglige l'envie que sa peau donne d'être touchée.

Le silence est inhabituel. Je pousse la porte de mon bureau.

Mariette n'est plus là.

Les chiens non plus.

La pièce est vide. La porte du fond qui donne sur la cour est ouverte. Aucune trace. Je retourne dans la salle d'attente. Rose n'a rien vu. Elle sort, fait le tour de l'immeuble. Rien. L'institutrice sonne, en précisant qu'elle ne veut déranger personne mais qu'elle passait par là. Son arrivée contracte un peu plus l'atmosphère. Rose essaie de la réorienter vers la sortie, mais elle veut participer. On la renseigne. Je le pressentais, elle a le sens du comportement aggravant, le réflexe horripilant dans l'urgence, de rechercher une autorité supérieure. Elle suggère de faire appel aux représentants de l'ordre, à un avocat, ou à son proviseur, homme d'influence. Le recours au « Et si… » ajoute du poids à son aide accablante. « Et si les maîtres revenaient… », « Et si les chiens mordaient un innocent ».

— Et si…

— Et si tu nous laissais réfléchir, demande Rose gentiment.

Mais elle a quelque chose à ajouter.

— En arrivant, j'ai vu cette folle qui baptise tout le monde dans la rue. Je crois que des chiens la suivaient.

Je fais signe à Rose de l'éloigner. L'affaire la retient. Elle sent l'importance de son témoignage. Elle résiste. Je n'aime pas la façon dont elle parle de Mariette.

— Et si…

— Je vais vous raccompagner…

Elle recule mais se ravise.

— C'est sûrement la vieille…

Voilà. Je sentais qu'un jour, je serais confronté à une tentation délictueuse. Le cou de l'institutrice m'apparaît en gros plan. Paradoxalement, l'image de Gandhi en méditation près de son rouet se forme. C'est un automatisme auquel j'ai habitué mon subconscient pour le pacifier. La poussée d'agressivité se dilue dans le symbole de la non-violence. Mais Gandhi est un homme de justice, il me prête un bout de sa tunique pour faciliter l'étranglement de cette femme. Elle a alors une phrase désarmante :

— Et si on demandait à qui vous savez ?

Je recule décontenancé. C'est la seconde fois qu'on appelle Marie, « qui je sais ». On ne s'adresse plus directement à elle, mais à moi, en initié.

Je quitte le cabinet, accélérant le pas vers Saint-Gervais. Le jury des confessions est en place. Je suis reçu avec ferveur dans la nef. On m'interroge sur l'écho des vœux qui m'ont été remis mais je ne réponds pas. Mariette n'est pas là. J'obtiens sans difficulté son adresse, en face de l'église, à côté de la librairie religieuse. Quelqu'un me presse.

— Vous l'avez revue ?

Les vieux visages me regardent avec espérance.

— Je n'ai vu personne.

Je sonne.

Les deux chiens m'accueillent avec leur joie restante, en traînant vers moi leur corps malade. Ils n'étaient pas très partants pour continuer à vivre, tout à l'heure, mais ils paraissent s'intéresser à nouveau à la question. Mariette fredonne et se déclare heureuse de ma visite. Il ne s'est donc rien passé. Elle hésite entre une tasse de thé ou de thym à me prescrire, ayant souligné la mauvaise couleur de mes joues.

— Mariette, je peux avoir de très gros ennuis.

— Qu'est-ce que c'est, « de très gros ennuis », Pierre ?

— Perdre la confiance de mes patients, des plaintes à l'ordre des vétérinaires, des procès pour extorsion frauduleuse d'honoraires, pour maltraitance d'animaux…

— Je ne les maltraite pas, je les recueille.

— Ils sont en fin de vie, ils souffrent.

— Moi aussi, je suis en fin de vie, c'est pour ça que je suis bien placée pour m'en occuper et pour les douleurs, j'ai ce qu'il faut.

Je la suis dans le fond de son appartement. Elle vit dans un espace étroit et allongé. Une maison en i. Le point est une petite remise arrondie séparée du reste par une minuscule cour.

— Ma hutte.

Une ampoule usée éclaire la hutte en tremblotant. Il y fait froid et soufré. L'air irrite les yeux. Des armoires doublent les murs, suivant leur courbe autour d'une petite serre au milieu.

— La pharmacie.

Elle sort un jeu de clés de sa poche et ouvre les cadenas qui ferment chacune des armoires. Je découvre une bibliothèque de fioles rangées proprement côte à côte, avec des étiquettes portant des noms latins et des noms plus parlants aussi. Sur l'étagère des morphines, une trentaine de flacons remplis jusqu'au bouchon attendent d'être administrés.

— Qu'est-ce que tu fais ?

— Des préparations.

— Pour qui ?

— Pour tout le monde. J'ai la clientèle du quartier. Officiellement, je prépare des tisanes, des remèdes de grand-mère. Et maintenant, j'ai décidé d'accueillir les chiens du mercredi.

Chapitre 14

— Gerris gracilicornis.

— Oui, Tû.

— C'est une punaise d'Asie qui prouve scientifiquement la relation souveraine entre le sexe et la mort.

Silence épais entre nous. Félix nous ressert gravement un verre de morgon.

Tû m'a toujours inspiré une franche admiration. Sans jalousie. Je ne peux pas le jalouser tant la distance entre son savoir et le mien est infinie. J'ai admis que je ne pourrai pas le rattraper. Nos rapports sont devenus transparents quand j'ai renoncé à courir contre lui.

— La punaise mâle est impatiente. La femelle se refuse et retarde la copulation en recouvrant son appareil reproducteur d'une sorte de coquille. Ce sont des punaises aquatiques, tout ça se passe dans les rivières. Le mâle trouve alors une solution extraordinaire…

Félix étouffe un bâillement.

— … il frappe la surface de l'eau avec ses pattes.

Tû nous regarde, l'air triomphant. Félix remplit nos verres avec prudence, sans toucher le bord, pour ne pas troubler le silence.

Tû ne trouve pas dans nos regards la lueur d'enthousiasme attendue, mais le découragement n'est pas une valeur bouddhiste.

— Je pose la question. Pourquoi frappe-t-il la surface de l'eau avec ses pattes ?

— On ne sait pas, Tû.

— Pour attirer les prédateurs. Le mâle appelle les poissons qui les mangent, pour effrayer la femelle qui d'angoisse s'offre à lui. Bénéfice secondaire pour le mâle, l'affaire doit être réglée très vite, sous peine d'être dévoré.

Félix interroge avec une note d'accablement :

— Et pourquoi tu nous racontes tout ça ?

— Pour vous dire qu'il y a dans la mort, une énergie qui peut se convertir en impulsion vitale. Toi, Pierre, par exemple, tu n'as rien converti après la mort de Blanche. Tu ne convertis pas.

Il faut suivre les méandres de la pensée de Tû et admettre les mises en relation lointaines, comme la mort de ma femme et la technique d'accouplement de deux punaises d'eau douce.

— Tu pourrais être plus délicat, déclare Félix qui héberge Tû chez lui depuis cinq ans, après leur divorce mutuel et contemporain. Il y a des choses qu'on ne peut pas dire.

Mais Tû, peut. Il ne respecte pas les « sujets qu'il vaut mieux éviter ». Les sujets qui le choquent, n'ont rien à voir avec ceux qui heurtent l'esprit du commun des mortels. Le bonheur par exemple, choque Tû. Il en parle avec un air nauséeux, comme si la sérénité ne passait pas, ou bien difficilement au bout d'un haut-le-cœur. La mort par contre, est un sujet qui s'apparente au climat. On ne se lie pas vraiment à Tû, sans avoir perdu une personne très chère. C'est un passe pour les relations. La faculté a vu naître notre amitié, le cimetière Montparnasse l'a rendue définitive.

J'ai résumé ma journée. La disparition des chiens, leur réapparition en soins palliatifs chez Mariette, mon impression d'être actuellement un peu dépassé par les événements de mon quotidien. Félix veut revenir aux valeurs sûres de nos conversations. La femme à retrouver dans un délai qui se raccourcit. Pour lui, mon apparition est la preuve que j'ai besoin d'une femme de chair. Marie est la sonnette d'alarme tirée par mon inconscient. Il insiste sur le fait que c'est une femme qui m'est apparue. Je lui fais remarquer que les apparitions masculines ne sont pas courantes sous nos latitudes, quelles que soient les inclinations intimes du voyant. Mais Félix est persuadé qu'une symbolique de couple est au cœur de ma vision. Il a recueilli amicalement mon histoire sans émettre de doute. Il ne m'a pas pris pour un halluciné, ni pour un mythomane. J'ai vu une femme, donc j'en cherche une, l'équation est simple. Mon désir a échappé à ma conscience, fait un petit bond hors de moi-même pour apparaître devant. Les névroses font des petits bonds.

Félix revient toujours au portrait de la femme qui m'est nécessaire. Depuis qu'il a quitté la sienne, il respire un air de solitude fraîche et revigorante mais qu'il n'a pas envie de partager. Il me suggère efficacement de tomber amoureux, en spécialiste des conseils les plus allergisants, ceux qui se déclinent à l'impératif : Soyez heureux, Vivez l'instant, Ne mourez pas...

Il a un fils qu'il ne voit plus depuis sa séparation. On a reconstruit une petite famille à trois, avec Tû Minh. Félix m'a demandé de les rejoindre un jour, dans son appartement vide vers l'Hôtel de Ville. Je préfère attendre.

— Le 31 mars est la veille du 1er avril.

— Oui, Félix.

— La Vierge t'est donc apparue le lendemain du jour de l'anniversaire de ton mariage avec Blanche. Tu m'avais dit que tu ne te sentais pas bien.

C'est vrai, je me souviens d'un sentiment inhabituel ce jour-là. Le temps ne passait plus. Ma vie était clouée.

— Tu as simplement fait apparaître ce que tu n'avais plus.

Ce que je n'ai plus, c'est une femme que j'aimais et ce n'est pas elle que j'ai vue. Si j'avais dû faire apparaître quelqu'un, la Vierge aurait été la dernière de la liste. Et je ne sais pas ce que je désire encore. Je reste sur le seuil d'une vie arrêtée. Depuis dix ans, mes jours se clonent, se reproduisent à l'identique, sans se croiser avec le temps d'un autre. Je m'habitue, mais le temps gagne certainement à une reproduction sexuée. Les jours clonés ont les défauts de la plupart des organismes recomposés comme eux : vieillissement précoce, malformations plus nombreuses et stérilité. Félix a peut-être raison. Mais si la femme que je cherche prend la forme de la Sainte Vierge, c'est qu'elle n'est promise à personne.

Je rentre en montant les marches plates de la rue des Barres, devant l'église, je croise le père Baugin entouré de vieilles paroissiennes qui se signent dès qu'elles m'aperçoivent. J'accélère le pas.

— Monsieur Mourange.

Le père Baugin est plus mince et plus vieux à la lumière du jour.

— Il faut vous arrêter devant ces femmes.

— Pourquoi ?

— Parce qu'elles croient en vous.

Je m'écarte du demi-cercle des visages usés et bons. Le regard du prêtre m'interroge.

— Dites-leur que j'ai menti.

Chapitre 15

3 mai.

J'ai ressenti le besoin de rassembler mes affections. Dans ma chambre, j'ai installé la photo de Gilberte à ma gauche, près de mon oreille la plus sensible, celle qu'écoute mon cerveau droit, celui des sentiments, et je l'ai laissée m'endormir. Demain est un mauvais dimanche.

Très tôt, j'ai pris la direction de Montparnasse, le cimetière derrière les murs et les arbres. Le mur est haut, noirci comme celui de la grande prison proche. Je vais souvent de l'un à l'autre, voir derrière les barreaux, les bras qui sortent avec les cigarettes au bout, pas demandeurs, présents, comme les corps sous la terre des allées qui mènent à la tombe de Blanche. Je n'aime pas tellement rechercher les preuves de la mort de ma femme. L'anniversaire des défunts, je devrais le négliger, mais si je reste chez moi, je reçois toujours une visite amicale, qui me fait préférer le voyage à Montparnasse. Je ne vois pas pourquoi les morts auraient droit à un jour de résurrection dans les mémoires courtes.

La tombe n'a aucun intérêt particulier. On y lit le nom de Blanche Mourange et des dates qui montrent qu'elle était jeune. Je n'ai rien à dire à la terre et à la pierre couverte de mousse. Une année, une vieille folle qui passait m'a reproché de ne pas entretenir ma tombe. Je les repère bien ces méchancetés blanchies qu'on rencontre dans les villes, chargées de vêtements et de venin, elles aiment les lieux où l'on est faible, les salles d'attente, les églises et les cimetières. Elle m'a dit que c'était une honte de voir ça, une tombe laissée en jachère, comme un champ. C'est vrai, je n'entretiens pas. J'attends de la voir mourir aussi, cette tombe, les fissures de la pierre s'élargir et sa poussière se mêler à celle qu'elle recouvre. Je n'ai aucune raison de la protéger, aucune raison de lui prodiguer des soins. Pourtant, j'ai trouvé un coin rare pour nous, en hauteur sur un tumulus vers le fond, aux côtés de quelques croix qui surplombent la scène, au paradis du cimetière.

J'attends à distance devant l'orchestre en bas, désert et plein. Quand je viens, je vérifie que ma douleur est bien là. Je m'assure de la fraîcheur de mon chagrin. C'est avec lui que je rends visite à Blanche. C'est lui que je dépose à la place réservée aux ornements, aux dons pour embellir la pierre grise du tombeau. Je vérifie, car plus tard en vieillissant, on souffre avec plus d'ambiguïté et pour soi seul. On finit par trouver de l'utilité à ses souffrances. Elles habillent les vieux remords, les maquillent, les rendent méconnaissables. On prie pour en être débarrassé, mais on y tient aussi et c'est pour cela que nos prières d'adulte ne sont jamais exaucées.

Les feuilles du chêne qui surplombe le banc où je suis assis ont cessé de s'agiter. Le vent s'est arrêté dans notre petit espace. Inexplicablement, il paraît le contourner, soulevant la poussière un peu plus loin et gardant les arbres en mouvement à quelques mètres. Le bruit de la ville s'abaisse. Une vitre invisible nous sépare du reste du cimetière et une odeur de violette monte.

Je la vois.

Vers l'allée qui descend jusqu'au mur d'enceinte. Pour la seconde fois. Moins haute, au-dessus du sol, sur un croissant maigre. C'est elle, aussi indiscutable qu'à notre première rencontre. Elle s'approche avec un sourire de Joconde et me fait signe, les trois premiers doigts de sa main droite levés.

Je la regarde sans sentiment particulier, avec le fond d'humeur sombre et mauvaise que distille l'anniversaire des morts. Je ferme les yeux, son image traverse mes paupières. Elle s'impose à chacun de mes sens, hors de ma volonté, je la touche sur ma peau.

Je dis : « J'écoute », mais elle ne parle pas. Elle reste en suspension heureuse devant moi.

Heureuse.

J'ai d'abord l'idée d'une offrande. Je cherche parmi les bouquets de céramique, des fleurs vivantes. Elles ne sont pas à portée de main.

Pourquoi une offrande ?

« J'écoute... »

Elle est là, à une dizaine de mètres. Présente, pour moi seul. Un couple passe et la frôle, indifférent. Toujours le même silence et cette impuissance à la partager. Je les appelle. Ils tournent la tête vers moi et s'écartent.

J'attends qu'elle se rapproche. Mais elle reste immobile, comme sur le vitrail, l'icône et chaque image qui la montre.

Je ne peux plus attendre.

J'ai attendu dans l'ambulance qui nous conduisait à l'hôpital. Quand Blanche respirait de plus en plus irrégulièrement et que les alarmes des machines sonnaient. Toutes les alarmes, pour le cœur, les poumons, le sang. C'est à elle que j'ai adressé la seule prière que j'ai eu le temps de dire. Ni à Dieu, ni à personne d'autre.

Je ne demande plus.

Je saisis un caillou sur le sol et j'avance de quelques pas. Je la prie de nous quitter. Je lui dis de s'en aller, de nous laisser. Je lui fais un signe d'un revers de la main. Je la chasse. Elle s'entête. Elle tient vers moi son sourire tendre et douloureux. Son corps clair ne recule pas. La tombe de Blanche reçoit de sa lueur, comme les autres autour d'elle, un reflet azuré qui nettoie leur surface.

Alors je lance le caillou. Il frappe le visage, au milieu du front. Les traits se brouillent autour de la petite cicatrice brune qui se forme à l'impact et la silhouette s'estompe.

Je quitte le cimetière en la traversant.

Je ne me retourne pas.

Salut Marie.

Chapitre 16

Rose s'est inscrite à un cours de danse. J'ai négligé l'invitation pour le spectacle du printemps. Une fois par an, je reçois un carton qu'elle mélange à mon courrier, sans insister. Je ne peux jamais me libérer, mais cette fois-ci, c'est le jour de Montparnasse et je ne sais pas où aller.

Je sais qu'elle prépare un numéro de claquettes. La salle est pleine. Je trouve une place, assis par terre près de la scène. Rose apparaît travestie, en costume de Fred Astaire, smoking sombre, chaussures vernies et haut-de-forme. Quand le rideau s'est levé, elle n'a pas eu l'air intimidé. Le pianiste a dérapé un peu sur les accords. Elle a bien accueilli les fausses notes. Elle danse gracieusement en trébuchant souvent. Elle trébuche gracieusement. Détendue. Relâchée. Le sourire haut. Je l'applaudis avec ferveur. C'est la première fois que je rencontre Rose hors de mon univers. Loin des chiens qui l'enrhument. Elle paraît juste et gaie. Et mon œil s'ouvre sur le corps fin et souple et le visage qui s'harmonise dans le faisceau du projecteur, pommettes claires, lignes sculptées. Elle a gardé ses lunettes sans lesquelles le sol est flou à ses pieds. C'est délicat, léger.

Je vais la féliciter après le spectacle. Elle me présente un ami venu du Sud-Ouest pour la voir. Un jeune médecin, célibataire, grand, beau et spirituel. Antipathique.

Elle me propose de les accompagner pour un verre. Je ne les accompagne pas.

Je prends la direction de Gouvieux. Ma direction du dimanche. Dans le train, j'ai le temps de réfléchir à la scène du cimetière et de la revivre. Je sens encore le contact du caillou dans ma main. Je ne regrette rien. Je ne cherche plus les raisons qui ont poussé la Vierge à me choisir, à revenir, à apparaître sans être appelée. Non, je me demande seulement pourquoi elle m'a laissé faire. Et je me surprends aussi à espérer que dans leur perfection, les divinités ne sont pas trop rancunières.

— Qu'est-ce que tu fais là ?

Mon père a 91 ans aujourd'hui. Un âge qu'il ne trouve pas respectable, juste ridicule.

— J'espère que tu ne viens rien fêter.

Simon est arrivé. Nous nous embrassons. L'humeur de mon père n'encourage pas la conversation. Nous restons dans sa chambre en silence comme pour une veillée funèbre. L'idée d'une répétition de son décès est ancienne. Il a un certain talent pour la comédie et maîtrise bien le rôle du cadavre qu'il nous inflige lorsque nous sommes tous les deux à son chevet. Il s'allonge sur son lit, les mains jointes sur le ventre, les yeux fixes et limite l'amplitude de sa respiration.

Un infirmier nous fait sortir quelques minutes pour les soins.

Simon à la porte se penche vers mon oreille.

— Tu as prévu un cadeau ?

J'acquiesce.

— Et toi ?

— Non, mais je m'associe.

Sans participation.

Autre trait de la personnalité de Simon : une avarice endémique. Dans ses rares instants d'autocritique nuancée, il admet une certaine résistance au don pécuniaire.

— Je suis un peu économe, ou prudent si tu préfères.

Non, je préfère pingre.

— C'est quoi ?

— Une longue-vue.

— Pour regarder le ciel ?

Je désigne les fenêtres qui donnent sur l'asile. Les voisins du bas.

Pour regarder la terre.

Notre père a été installé dans son fauteuil et nous attend.

A tour de rôle, nous épelons les nouveautés de la semaine. L'annonce de l'apparition de ce matin me donne un léger avantage sur mon frère. Mon père écoute, concentré, la description de la rencontre du cimetière. Simon prend son air de médecin désarmé devant une pathologie incurable.

— Comment vas-tu, Pierre ?

— Je vais bien.

Mon père planifie. Il faut étudier l'affaire avec un œil scientifique. Ne pas refuser l'évidence qui s'impose, quoi qu'en pense Simon. Il faut analyser la Vierge comme un insecte. Comme une drosophile, précise-t-il, une mouche qui a fait progresser la science. Simon hausse les épaules. L'historien s'engage à faire des recherches. Il m'enverra des fiches sur les apparitions, les personnalités des voyants et des vierges.

Avant de le quitter, je lui offre son cadeau. J'installe la longue-vue, que j'incline vers le bas. Il prend place. Il ne nous retient pas, mais veut nous faire partager le bon moment. Il m'appelle pour contempler les malades dans le parc.

— C'est l'heure de la promenade.

Je suis les promeneurs qui tanguent. Simon décline l'invitation. Mon père tapote affectueusement mon épaule et reprend sa place, satisfait.

— Tu as vu. Ils sont jaunes. On dirait des pissenlits.

J'ai marché un peu autour du parc avec Simon. L'annonce de la seconde apparition le préoccupe. Il s'inquiète pour ma santé, pour mon humeur, pour mon avenir. Je m'inquiète aussi pour lui car aucune blague n'est venue à ses lèvres, pas le moindre jeu de mots, pas la moindre imitation. Il me demande si quelques actes de ma vie récente n'auraient pas pu manquer de cohérence, comme des achats inconsidérés, des conduites moralement répréhensibles. Je lui réponds calmement. Je n'ai rien commis d'inhabituel ces derniers temps et je lui conseille d'oublier tout cela. Je m'y efforce, moi aussi.

— Tu critiques alors ?

— Oui. Je critique.

Simon se rassure. Je n'ai pas envie de le quitter sans avoir partagé un peu d'intimité avec lui. J'ai trop souvent jugé les différences qui nous séparent avec ironie, ce qui les aggrave.

— Je pense à Blanche depuis l'apparition. Plus qu'avant.

Il n'a pas l'habitude du vrai entre nous. Il cherche ses mots, la voix enrouée.

— Finalement, ta Vierge l'a un peu ressuscitée.

— Non, elle l'a déterrée. C'est à Blanche morte que je pense tous les jours.

Simon m'accompagne jusqu'à ma voiture. Je sens qu'il tourne autour d'une question. Il me retient sans trop savoir où poser la main, en effleurant mon épaule puis mon bras.

— Tu ne vas pas recommencer ?

— Recommencer quoi ?

— Tu sais bien.

J'écoute Simon qui me ressemble si peu. Je l'écoute en voulant réduire l'écart, en cherchant sincèrement le moyen de nous rendre moins lointains.

C'est difficile d'aimer son frère. On y parvient. C'est un sentiment obligatoire que la vie finit par obtenir avec le temps, même auprès des couples les plus récalcitrants. Quand l'enfance n'a pas créé de lien, l'âge réussit parfois. L'amour arrive peu à peu à se sculpter dans le rien, en pierre d'absence, à force de retrouvailles aux sinistres cérémonies familiales, aux drames qui réunissent au café d'un hôpital ou d'un cimetière. Ça se passe difficilement, avec des mots qu'il faut remonter à la main, autour d'une boisson qu'on a commandée pour être là, sans envie, sans soif. On a dans nos têtes les spectres perdus de notre enfance qui cherchent des corps à hanter, hésitant au bord des silhouettes qui leur ressemblent. On finit alors par aimer sans la personne, l'idée du frère, de la sœur, du familier. La fonction crée l'affection qui ne s'incarne plus.

C'était le 3 mai 1999, le premier anniversaire de la mort de Blanche. J'ai perdu subitement toute envie de vivre. Sans préméditation. Une grande vacuité d'envie à remplir de ma disparition. Il s'agissait de cela, disparaître, plus que mourir. J'étais lassé de moi, de mon chagrin, de mon désir inopérant.

— Tu ne vas pas recommencer ?

Simon m'avait raconté que les meilleurs spécialistes du suicide étaient les anesthésistes, qui comptaient dans leurs rangs des candidats sérieux et compétents. L'anesthésiste met fin à ses jours en professionnel. Il branche deux perfusions sur ses veines. L'une à débit rapide pour le somnifère puissant qui endort en quelques secondes, l'autre à débit lent qui distille le cocktail mortel, paisiblement dans le sommeil profond. J'avais appliqué la formule, mais en calculant un débit trop rapide pour la première perfusion. Après m'avoir endormi, elle avait fraternellement rompu ma veine et dilué le second produit dans un salvateur hématome géant du bras.

Au réveil, je m'attendais au bel accueil de Blanche au milieu d'anges avec qui elle aurait négocié le pardon de mon dernier péché. Je retrouvais Solange à mon chevet, entourée de deux infirmières viriles et visiblement réticentes à la rémission de mes fautes. Elle me dit, sincèrement émue mais aussi sincèrement elle-même :

— Ce n'est pas bien, Pierre.

Je souris à Simon. Il ne sait pas quoi penser. Il a besoin de situations à l'humeur bien définie pour s'orienter. Le joyeux compagnon rit souvent, mais toujours à l'endroit. La gravité le trouble, il ne sait pas la divertir. Finalement, il a le sens contraire de l'humour. Il ne rit qu'à ce qui est amusant.

— Ne t'inquiète pas, j'ai des projets.

— Quels projets ?

— J'ai vécu deux expériences inexplicables. Chacun voit la chose comme il veut. Toi comme une hallucination, moi comme un fait. Cela n'a pas d'importance. Ce qui compte c'est la réponse que j'apporte.

— Tu n'as pas répondu.

— … Et la Vierge est venue une seconde fois, ce qui montre qu'il faut que je trouve quelque chose à lui dire.

— Et en dehors d'elle ?

Je regarde avec affection son visage inquiet. Ma réponse l'éclaire.

— J'ai rencontré une danseuse.

Chapitre 17

— Aquerò.

— Quoi Aquerò ?

— En patois lourdais, Aquerò signifie « cela » ou « quelque chose » ou « quelqu'un ».

— En patois lourdais ?

— Oui, la langue de Bernadette Soubirous. C'est comme ça qu'elle désignait son apparition au début. Aquerò. Je pense que c'est la meilleure façon de dire.

— Vous ne croyez pas aux apparitions de la Vierge ?

Le père Baugin compte devant moi l'argent collecté dans les troncs de l'église et les quêtes. Avec les mégots de cigarettes et les pièces sur la table, la sacristie ressemble à un tripot. Une porte basse au fond donne sur une petite pièce sans décor avec une lucarne en forme de meurtrière et un lit fait au milieu. Il vit là, comme un moine dans sa cellule.

— Je crois aux apparitions de quelque chose, monsieur Mourange. L'existence de la Vierge est une certitude pour moi, ce qui est incertain, c'est notre manière de la voir. J'ai participé à presque toutes les commissions d'enquête sur les phénomènes mystérieux en France. J'ai ouvert plus de vingt procès canoniques en compagnie d'éminents théologiens, médecins, psychologues. J'ai revu les grands dossiers dans le détail. Lourdes, Pontmain, Fatima... Et depuis, je préfère le mot Aquerò à tous les autres.

— Pourquoi ?

— L'aspect de la Vierge est à peu près toujours le même, bicolore, blanche ou bleue, jeune, belle et lumineuse, visage européen. Elle parle peu et parfois se réfère à des dogmes récemment proclamés par l'Eglise. Ainsi à Bernadette : « Je suis l'Immaculée Conception. » Personne n'a décrit une vierge mûre, au physique ingrat ou étranger, éteinte, ne rayonnant pas, apparaissant à des voyants vieux, méchants ou pire, riches.

— Riches ?

— Oui, l'argent prive de toute chance de la voir apparaître, comme si le ciel passait par une analyse financière préalable. Je trouve cette sélection troublante. Et quel que soit le lieu ou le temps, il y a toujours quelque chose de grand et de petit dans les apparitions. Prenons la plus célèbre, Fatima, une bourgade du Portugal, en 1917. Le grand, c'est le miracle du soleil qui danse et qui n'éblouit pas, 70 000 personnes fixent l'astre qui tourne comme une toupie et semble s'abattre sur la terre nimbée d'une couleur bleu améthyste. C'est un fait. Le petit : les secrets révélés aux enfants.

— Quels secrets ?

— La Vierge a confié trois secrets. Une vision banale de l'enfer, avec des feux et des démons noirs, une phrase sibylline annonçant la Seconde Guerre mondiale associée à une tirade anticommuniste, « la Russie répandra ses erreurs sur le monde... » ; enfin, l'assassinat du pape, manqué soixante-quatre ans plus tard. Vous voyez comme tout cela, disons-le, n'est pas « au niveau ». Il y a une partie céleste dans les apparitions que notre humanité gangrène. Ce n'est pas la faiblesse d'esprit de ces enfants incultes, mais la médiocrité collective qui s'engouffre là, qui se mesure en quelque sorte à la puissance divine. Nous plaquons des paroles sur une image muette. Nous doublons. Les dialogues sont trop décevants pour être divins. La Vierge devrait être accompagnée, tout au plus, par de la musique, comme les films muets d'autrefois.

Sa voix s'adoucit.

— Pourquoi êtes-vous revenu ?

— Parce qu'elle est revenue.

— Pourquoi vouliez-vous dire à ces femmes que vous aviez menti ?

— Je ne veux pas leur faire croire que je peux les aider.

— Vous êtes porteur d'espoir. Ce n'est pas un métier très difficile.

Le père Baugin est avare en reproches, mais je sens que ma fuite devant l'église est toujours entre nous.

— Je suis désolé pour elles.

— Elles vous ont déjà pardonné. J'ai expliqué que vous étiez un voyant tourmenté à qui il fallait donner du temps.

Mon humeur s'assombrit. Les signes partent du corps, sensation de poids, fatigue, besoin de redresser mes épaules, de corriger ma position, essoufflement aussi. La pensée prend le relais, après, et verbalise. Le mot qu'elle cherche est découragement.

Le prêtre m'observe. Quelque chose résonne en lui, de moi-même. Je sens un accord d'intimité entre nous.

— Aimez-vous le cinéma monsieur Mourange ?

J'hésite, surpris, avant de répondre.

— Beaucoup.

— Je le savais. Suivez-moi.

Il me conduit dans la cellule entrouverte. Je dois baisser la tête. La Vierge est à sa place au-dessus de son lit, mais ce n'est pas pour elle qu'il m'a fait entrer. Sur le bord de sa table de nuit, il tourne vers moi le petit cadre de photo où apparaît le visage de Marilyn, cheveux au vent, simple, sourire esquissé et regard paisible vers le lointain. L'air de fierté avec lequel il me tend cette photo éloigne mes sentiments sombres.

— Vous testez votre chasteté ?

Il replace le cadre sur la table en souriant.

— Vous savez, l'appétit s'en va en jeûnant. Je ne dis pas que les débuts n'ont pas été difficiles, mais Marilyn m'a aidé. Une femme si désirable ne peut pas être sérieusement désirée. Et puis, comme disait l'évêque Douze, cent mains de désirs font mille doigts de remords. J'ai de la sympathie pour vous, monsieur Mourange.

Nous quittons la cellule où Marilyn et la Vierge restent face à face se contemplant l'une l'autre avec bienveillance. Le père Baugin sort une fois par semaine, le jeudi soir, au cinéma. J'accepte son invitation pour jeudi prochain.

En me raccompagnant à la porte de l'église, il ajoute :

— L'argument essentiel pour qu'une apparition soit approuvée par la Congrégation est qu'elle ait apporté des fruits spirituels à celui qui a vu. Les fruits sont des miracles, des conversions, un renouveau. Si votre apparition ne change rien dans votre vie, monsieur Mourange, elle ne vaut pas mieux qu'une illusion. Puis-je vous appeler Pierre ?

Chapitre 18

Mariette apparaît dans mon bureau. Posément, elle installe ses affaires sur le fauteuil, son sac, un cabas et un parapluie. Sans un mot, elle s'approche de moi, l'air doux et souriant. La gifle qui s'abat sur ma joue droite a l'effet d'une électrocution.

— C'est pour avoir dit que tu avais menti et pour avoir gâché ta seconde rencontre. A demain.

Mariette récupère ses affaires et sort tranquillement en envoyant du bout des doigts un baiser à Rose.

Mon frère vérifie que j'honore mes rendez-vous auprès d'un psychiatre qu'il m'a conseillé de revoir depuis le 1er avril dernier. Revoir, car une longue période d'abstinence cachée à la surveillance familiale, me séparait du cabinet que j'avais quitté, dans un autre temps. Après la mort de Blanche, Simon ne me trouvait pas assez triste. Déformation professionnelle, les cœurs calmes l'alarment. Sa mémoire de cardiologue est remplie de mauvaises surprises de patients aux électrocardiogrammes flambant neufs que l'infarctus saisissait brutalement au soir d'une consultation rassurante. Simon s'inquiète toujours de la bonne santé apparente. Pour lui, les bons signes sont mauvais. Il préfère le patient insuffisant cardiaque, pulmonaire, veineux, au patient suffisant. Dans son esprit, la santé est une flèche tirée vers le médecin. De fer, elle peut nuire.

Le docteur Cotan ressemble aux cigarettes éteintes qui pendent de sa bouche. Maigre et gris, comme ses frères intoxiqués errant dans les intérieurs hostiles aux fumeurs, il donne une impression de tabac froid. Il vient d'Espagne. Un ancêtre lointain était moine et peignait des vanités. Une copie d'un de ses tableaux habite seule, le mur qui ferme l'horizon du divan. Des fruits pendus par des fils dans un garde-manger, en suspension pour éviter la pourriture. Je médite souvent sur cette image quand je me tais à ses côtés. Si rien ne touche le fruit, il dure.

Le docteur Cotan parle peu. Pas par mauvaise volonté. Son tabagisme hyperactif a abîmé des cordes vocales déjà fragilisées par un exercice professionnel qui ne les sollicite qu'en de très rares occasions.

Avant de commencer, il a pour habitude de chausser des lunettes de lecture qui ne servent à rien pour m'écouter.

Lorsque j'étais allé le consulter après la mort de Blanche, pour lui confier mes difficultés d'être et avouer ma tentative de disparition sans lendemain, il avait tenu, dès la première séance, à mettre les choses au point. Après avoir éclairci sa voix d'une triple inhalation de cortisone en spray, dont le tube est toujours en place sur le bureau, il avait résumé sa philosophie en une formule définitive : « Le bonheur n'est pas compatible avec la conscience. »

Ses premiers mots sont restés dans ma mémoire.

— La dépression est le maître symptôme de la lucidité. Comme l'anxiété et l'insomnie qui vont souvent avec. La volonté de vivre est un réflexe archaïque retrouvé chez les bactéries qui s'affaiblit à mesure que l'on gravit l'échelle. L'évolution de l'espèce s'accompagne d'une involution du réflexe de survie. Par conséquent, le suicide est une preuve de développement. Il ne faut donc pas vous troubler, votre humeur est humaine.

En résumé, la perte de ma femme n'y changeait rien. La dépression réactionnelle à un drame était le dopage administré par le destin à notre dépression constitutionnelle qui n'exigeait pourtant pas d'amélioration de ses performances.

— La nature a inventé deux artifices pour nous retenir sur cette planète : le plaisir afin de nous inciter à nous reproduire sans bâiller et la peur de la mort pour éviter qu'on ne s'y précipite. Ce sont ces bases simples que nous avons perdues de vue. Le bonheur, création postérieure et humaine, n'était prévu par personne.

« Que faire ? » chuchotait ma voix intérieure.

Selon le médecin, il fallait retourner en soi-même et remonter son courant en saumon pour atteindre la lucidité première.

— En saumon ?

— Oui, un animal qui passe sa vie à reculer vers le lieu de sa naissance. Nostalgiquement. Un proche.

Le docteur Cotan conseillait de ne pas trop compter sur le secours des bons souvenirs d'antan, car le contraste entre l'allégresse d'hier et la désolation d'aujourd'hui n'égayait personne. D'ailleurs, le bon souvenir était une ruse de notre inconscient qui ne cherchait qu'à nous briser. Si nous parvenions à vivre sans regret et sans espérance, nous ferions cesser les fluctuations morales. Le goût de l'existence serait moins vif mais son dégoût aussi. Tout serait perdu, sauf l'humeur.

Je tenais pourtant à quelques images que ma mémoire couchait parfois à mes côtés, avec Blanche, avec Gilberte, des petits éclats de joie absolue, des commencements de preuve pour innocenter l'existence.

« Chimères », tranchait le docteur Cotan qui prescrivait de démystifier le passé ou plutôt de le désenivrer en le revivant à jeun. Le bon temps de la jeunesse était un temps alcoolisé et l'âge adulte une cellule de dégrisement dont les portes ne s'ouvraient qu'à notre décès. En clair, nous étions en gueule de bois d'enfance, nous ne vivions pas, nous cuvions.

Cette prise de conscience n'ayant pas eu d'effet tonifiant sur mon hilarité intérieure, j'avais décidé de me séparer de lui, dans un délai bref, sans l'ébruiter. Notre rupture consommée, je continuais officiellement à être suivi et donnais une fois par mois à Simon, un bulletin de ma situation cérébrale.

Je retournai donc avec un enthousiasme plus que modéré dans le cabinet sombre, aux plafonds bas, dont je m'étais échappé dix ans plus tôt, pour rien.

Pendant les longues périodes de silence qui pointillent nos séances, je me rapproche du mur sur lequel mon divan s'appuie. A hauteur de ma tête, j'ai observé une zone de faiblesse sur le cadre d'une ancienne cheminée condamnée. Là, en prêtant l'oreille, je peux percevoir les voix de la salle d'à côté où d'autres patients se plaignent d'eux-mêmes. Mon thérapeute me conseille d'associer les idées. Comme je ne trouve pas de paires dans mon crâne, j'associe avec les idées de mon voisin de divan, à travers le mur. Effort inutile sans doute puisque ce n'est pas moi qui travaille à ma source, mais ce n'est pas vraiment moi, non plus, allongé dans cette petite salle obscure où je vais contraint.

— Et qu'est-ce qu'il a pensé de ton apparition ?

Mes deux amis m'ont attendu à la terrasse déserte pour le résumé de ma séance. Félix s'intéresse. C'est une surprise pour moi. Félix a pour les sujets personnels une horreur sainte. Je me demande parfois si nous comptons vraiment pour lui. Tû le pense, mais le sent capable de produire sa propre énergie, sans échange réel avec l'autre, chaînon manquant entre l'animal et le végétal, homme-fleur à l'égoïsme chlorophyllien.

Le docteur Cotan a été catégorique sur mon apparition. La Vierge est une « hallucination signal », annonce d'une pathologie en voie de constitution : dépression sévère à forme délirante, selon toute probabilité. « Rien d'effrayant », selon mon médecin qui a tenu à traduire poétiquement son diagnostic : « La Vierge est une promesse de mélancolie. »

— C'est délicat, apprécie Tû.

— Il dit que seule la psychose improductive pourrait être une source d'inquiétude, car le psychotique passif finit par négliger ses soins.

— Donc son psychiatre… ajoute Félix, lucide, qui pour me montrer le degré de sa participation à mes tourments, m'offre une petite vierge clignotante à fixer sur un porte-clés qui vibre quand on l'effleure. La première réaction de Tû, toujours méthodique dans ses comportements, est de calculer la fréquence des vibrations, qui lui rappellent le chant d'une cigale balinaise.

Mon apparition a donc pour mes deux amis la valeur d'un porte-clés.

Dans le train qui me reconduit chez moi, je pense aux dernières réponses du docteur Cotan.

— Vous pensez que je suis vraiment malade ?

— Je pense que vous êtes « enfin » malade.

— Enfin ?

— Oui, les grands anxieux préfèrent la maladie à la peur de la maladie. C'est le flou qui les tourmente, la condamnation en puissance, pas en acte.

A chaque nouvelle séance, je prévois de mettre un nouveau terme à notre relation, malgré ma parole donnée à Simon. Mais je reviens. Le charme de mon thérapeute n'y peut rien. Je reviens, car j'ai rencontré quelqu'un.

Chapitre 19

Une règle des cabinets de psychiatrie n'était pas respectée chez le docteur Cotan et ses associés : la salle d'attente doit être vide entre chaque rendez-vous. Les patients psychologiquement défectueux ne doivent pas se rencontrer. Une salle d'attente peut être remplie de cancéreux, d'infectés, d'hémiplégiques, mais pas de déprimés. Une lettre écarlate, un D rouge est brodé sur le vêtement des malades tristes qui les isole de la société. Le face-à-face chez le psychiatre est toujours un peu honteux. Les apparences sont traversées d'un coup. La faiblesse que l'on cache de notre mieux est mise en scène. Il n'y a pas de mystère sur la pathologie, chacun sait de quoi l'autre souffre, à quelques détails près.

Le mercredi matin, je partage quelques minutes de silence avec une adolescente, dans cette salle étroite. Nous arrivons souvent ensemble. On se salue timidement, avant de choisir les chaises les plus éloignées et d'occuper le temps en se fuyant du regard. De semaine en semaine, nous avons établi entre nous une sympathie muette. Au début, je respectais avec rigueur un retard de dix minutes pour réduire le temps passé à m'esclaffer en compagnie du docteur Cotan, mais depuis Mathilde, c'est le prénom tatoué sur son épaule, je viens en avance. Nous avons commencé à échanger prudemment quelques mots. Il y a quelques jours, j'ai entendu son thérapeute l'appeler par son nom, Mlle Hanett. En passant près de moi, elle m'a murmuré en souriant :

— Je m'appelle Harnett en réalité, mais il ne faut pas lui dire.

J'ai été frappé par cette coïncidence, moi qui ne donne jamais mon nom exact aux médecins. Je l'ai interrogée à la séance suivante pour savoir pourquoi.

— Pour tromper les maladies.

Nous étions faits pour nous rencontrer.

C'est elle que j'écoute à travers la cloison. Je commence à bien la connaître. Je n'aurai jamais connu quelqu'un aussi intimement avant de lui être présenté.

— Monsieur Mourange…

Elle parle de ses parents. Je colle l'oreille à la cloison pour entendre plus distinctement la voix un peu voilée.

— Monsieur Mourange…

Il est difficile dans ma position de demander à mon psychanalyste de se taire et de veiller à ce qu'on ne me dérange pas pendant la séance, d'autant que sa prise de parole est toujours le fruit d'une décision à croissance lente, donc robuste. J'entends le souffle d'un spray.

— J'ai votre attention ?

— Oui.

— Il faut vous servir de votre imagination et mettre en scène vos difficultés d'être, pour les résoudre comme un romancier doit le faire avec les énigmes qu'il a fait naître.

— Les énigmes ?

— Oui. Nous avions commencé autrefois, un travail autour du personnage de Sherlock Holmes, qui facilitait l'expression de vos nœuds intérieurs, car vous êtes noué. Vous aviez, je crois, le projet d'en faire un roman ou plus lucidement une nouvelle. Je note que vous avez choisi le plus illustre des détectives pour enquêter sur vous-même, ce qui psychologiquement signifie que vous surestimez la difficulté. Rien de surprenant à cela, je n'ai jamais rencontré de déprimé humble. La dépression est la maladie de la surestimation. La tension entre le jugement que l'on porte sur soi et les résultats objectifs de nos performances ouvre un espace vide où le moral chute librement. Les malades vous disent « je ne vaux rien », ce qu'il faut traduire par « je vaux mieux ». Sans vouloir vous blesser, je préfère les maniaques. Mais j'admets que les temps sont difficiles, car malheureusement pour nos psychés modernes, l'âge des grands conflits est derrière nous. Voyez-vous, monsieur Mourange, la paix c'est la plaie. La guerre est le meilleur de tous les traitements antidépresseurs. Les études le prouvent. Le taux de tristesse chute quand l'angoisse collective monte. Le traitement de la mélancolie individuelle, c'est la mélancolie collective. Le mauvais moral du monde soutient celui du vulgaire quidam, sans vouloir vous blesser.

La voix à travers la cloison s'est tue. Mathilde écoute.

Chapitre 20

— Une urgence.

19 heures. Le cabinet ferme. J'ai rendez-vous avec Félix.

— Envoyez chez le docteur Tû Minh.

Rose hésite.

— Elle est de la famille.

J'observe la salle d'attente par le judas que j'ai fait creuser sur le côté de ma porte. Solange est debout au milieu de la pièce, son tailleur granuleux sans couleur, son chignon compliqué. C'est elle, comme toujours, ni belle, ni laide, tout occupée à ne pas apparaître. Et de dos. L'angle qui lui va bien.

Elle porte un panier en osier qui paraît plein. J'ouvre ma porte. Elle me lance un regard désarmé.

— C'est O2.

Je regarde au fond du sac, la petite forme méchante, plus haletante que menaçante, avec une plaie profonde sur le côté et les oreilles basses, sans arrogance, toutes fripées, rassemblées contre une pauvre gueule ensanglantée et très peu vivante.

— Une voiture. Elle ne s'est pas arrêtée.

O2 me paraît mal parti pour un projet de vie supérieur à quelques minutes. La conscience lointaine, l'œil pâle et la langue pendante, pas du tout réactif aux stimulations tactiles, lumineuses et sentimentales. Très incliné sur la pente où les vétérinaires glissent derrière les chiens.

— Il ne va pas mourir ?

On ment en répondant négativement à cette question.

J'installe O2 sur la table. Son antipathie à mon égard est moins franche aujourd'hui, pas grognant, pas mordeur, calmé par sa fin voisine. Je palpe son ventre gonflé d'hématomes. Il gémit dans la région du foie. Les pattes ne sont pas fracturées, ni la colonne mais l'intérieur semble plein. Je suture la plaie et radiographie pour gagner du temps. Sur la table, O2 hoquette. Je décide de lui faire une piqûre d'antalgique, mais il ne paraît pas souffrir. Je cherche dans mon armoire parmi les ampoules qui pourraient servir. Je ne trouve rien. Rien, en dehors de la fiole d'eau bénite de Mariette. Sans savoir pourquoi, avant de rejoindre Solange, je projette quelques gouttes sur le corps du chien et je salue Marie pour lui.

— Alors ?

— Je crois qu'il a une hémorragie interne.

— Il faut l'opérer ?

— C'est trop tard.

— Qu'est-ce qu'on peut faire ?

— Je ne sais pas.

Nous restons assis côte à côte, dans la salle d'attente vide. Solange a bien accueilli mon « je ne sais pas ». J'ai été surpris. Elle a acquiescé et m'a souri comme si elle avait bien compris tout ce qui me manquait à cet instant, ce qui nous manquait à nous deux près du chien, les solutions que l'on ne trouve pas et qui doivent pourtant exister puisqu'on les cherche. Je lui ai dit que je gardais O2 pour la nuit. Elle m'a remercié et m'a demandé si elle pouvait se reposer un peu et aussi combien elle me devait. Elle m'a paru plus jeune, plus légère, j'ai dû effleurer les épines de son tailleur pour me souvenir d'elle comme avant.

— Ça sent bon ici.

Mon cabinet est parfumé à l'éther comme d'habitude.

— Il y a une odeur de fleur.

— Je ne sens pas.

— Si. De violette.

Le lendemain, O2 est vivant.

Son grognement en guise d'accueil me confirme que son état s'est amélioré. Rose qui l'a vu la veille à la dernière extrémité veut s'assurer de la réalité du miracle et tente de le caresser. Pour la remercier, O2 lui arrache quelques centimètres de peau sur le poignet droit. Son œil a retrouvé sa couleur, son museau est humide et frais. Il respire calmement et son ventre est souple.

Solange et Simon viennent le chercher ensemble. Il se laisse emporter, refusant le sac et trottinant à leurs côtés en me jetant son regard sans amitié de teckel en bonne santé.

A son départ, mon frère reconnaissant m'étreint douloureusement. Un séjour prolongé aux Etats-Unis lui a donné le goût du « hug », cette coutume barbare de l'accolade américaine où les corps butent l'un sur l'autre pour signifier qu'on s'aime énormément, à condition que les peaux ne se touchent pas. Les vêtements seuls peuvent s'embrasser, le rapport amical devant être protégé là-bas, comme le plus intime, potentiellement infectant. Simon me décerne des noms de magiciens célèbres ou de bienfaiteurs de l'humanité. Solange se retrouve, elle aussi, gloussante à chacune de ses trouvailles. Dans l'enthousiasme, mon frère bifurque vers saint François d'Assise en affirmant que nos frères chiens doivent être catholiques par nature puisque les autres religions, inférieures, les ont déclarés impurs. Je suis certainement d'accord avec lui puisque je ne dis rien.

Shalom Simon.

Chapitre 21

La résurrection d'O2 a fait grand bruit dans le quartier. La rumeur s'étend vite et dans les jours qui suivent, mon cabinet s'emplit d'une foule de nouveaux venus avec des animaux à l'air dynamique. Les chiens ne se plaignent de rien et leur présence n'est qu'un prétexte pour justifier celle de leur maître désireux de voir celui qui a vu. Dès le matin, une file d'attente se forme devant ma porte, attirant des curieux qui s'échangent les chiens entre eux pour me consulter. Un courrier du syndicat des vétérinaires me signale de nombreuses plaintes émises par des confrères dont j'ignore l'existence mais qui se plaignent de la mienne.

Les consultants tiennent souvent à emporter un souvenir de leur passage, avec des choix les plus divers, allant du matériel de bureau, aux linges du cabinet de toilette et même des bouts de moquette que mon pied a foulés parmi d'autres. A ce rythme, je pense qu'il ne restera bientôt plus rien autour de moi. Mariette a dû intervenir et filtrer les entrées aux côtés de Rose. Il règne toujours un mystérieux parfum de violette qui allège la déception de ceux pour qui je ne peux rien.

Je décide de fermer un jour ou deux pour reprendre mon souffle.

Je sors peu. Le monde a évolué. En bien, en redoutablement bien. Des voisins qui m'avaient toujours dédaigné me font d'amicaux signes de main. La gardienne au sourire rationné, monte mon courrier, guillerette, et me propose des friandises. Mon paquet de cigarettes m'attend sur le comptoir du tabac avec un café offert dès que j'apparais. Je suis cerné par une affection nouvelle et déstabilisante.

Je pense à Rose qui répète tous les jours avec sa troupe. Mon corps y pense. Je me suis surpris dans la rue à claquer des pieds sur le trottoir. Le pas de base, la frappe en demi-pointe, le « tap » selon mon professeur qui a tenu mes épaules pour me l'apprendre. J'ai accentué ma maladresse pour faire durer la leçon.

En son absence, je cherche quelqu'un qui ne croit pas en moi.

Je rencontre Mathilde dans l'ascenseur qui monte vers nos psychiatres. Elle ne fuit pas mon regard qui fuit le sien. Premier étage.

— C'est toi Sherlock Holmes ?

— Oui.

— J'aimerais bien connaître la suite de ton histoire.

Sa voix familière dissipe la gêne.

— Je te la raconterai tout à l'heure.

Je m'allonge avec gaieté sous l'œil gris du docteur Cotan qui a l'air de souffrir des dents. Il y a des visages comme le sien à travers lesquels on sent la carie douloureuse. Je parle doucement, au mur, de mon enfance, des vieux souvenirs déjà réunis dans mon dossier mais que je répète pour Mathilde. Je fais courir l'ombre de Sherlock Holmes derrière une mystérieuse aventurière française du nom de Gilberte à la beauté vénéneuse. Ensuite, j'écoute.

Son état s'aggrave, de séance en séance. Le psychiatre ne dit pas ce qu'il faut. Elle maigrit. Sa silhouette devient transparente. Dans la salle d'attente, chaque semaine, je la vois fondre, souriante, tout occupée à disparaître en silence, sans gêner personne, poliment. Je l'ai entendue dire :

— Je ne sais plus pour qui manger.

Je me tais de plus en plus, pendant mes séances, je tends l'oreille. Le docteur Cotan respecte cette évolution vers le vide de nos relations hebdomadaires. Il somnole expérimenté, la respiration régulière, les yeux fermés, les sourcils froncés entretenant le doute sur une intense concentration intérieure. J'attends dans un silence que rien ne trouble. Sauf la petite plainte qui vient d'à côté, traverser timidement l'épaisseur de la cloison à travers la cheminée fermée comme une flamme fantôme. Quand elle s'arrête, je parle à nouveau pour lui répondre. Nos psychiatres deviennent les figurants inconscients de nos échanges, mais la présence de Mathilde m'est bénéfique.

Ce matin, j'ai conclu ma séance muette en demandant au docteur Cotan des nouvelles de sa santé. Il a paru surpris par la question. Après avoir réfléchi à l'interprétation qu'il fallait en donner, il m'a répondu : « Je ne me sens pas aussi bien que possible. » Je n'ai pas insisté mais j'ai trouvé la réponse pleine de sagesse. J'ai ajouté :

— Je vais mieux, docteur.

Mon thérapeute a pris un air contrarié.

— Vous en êtes bien sûr ?

Je l'ai tranquillisé.

— Pas beaucoup mieux, disons une petite pointe d'amélioration.

Je retrouve Mathilde à la sortie du cabinet. Elle m'attend, simple et souriante devant le porche. Je la raccompagne jusqu'au métro.

— C'est vrai que tu as vu la Vierge ?

— Tu as entendu ça aussi… Oui, c'est vrai.

— Donc, elle existe.

— Oui.

— Et alors ?

— Et alors rien. La question n'est pas de savoir si elle existe, mais à quoi elle sert. Si j'apporte la preuve que Dieu existe et que tout le monde continue à souffrir et à mourir comme avant, la nouvelle n'est pas si bouleversante.

— Tu lui as demandé de t'aider ?

— Non.

— Pourquoi ?

— Elle devrait savoir de quoi j'ai besoin.

Je regarde les bras de Mathilde qui sortent bizarrement des manches de son tee-shirt comme des branches nues et cassantes. Son visage s'est creusé sous les pommettes. Elle a coupé ses cheveux très court, ses yeux prennent toute la surface.

— Tu maigris.

— Je sais.

— Pourquoi tu ne veux pas manger ?

— Je veux bien manger. C'est juste...

— Quoi ?

— C'est juste que je n'ai pas faim.

Elle hausse les épaules et revient à mon sujet.

— J'ai entendu ce que le psychiatre t'a dit sur elle. Moi, je suis certaine que tu l'as vue.

— Et moi, je commence à douter.

— Il t'a convaincu ?

— Non, mais il m'a fait peur. Je ne veux pas devenir mélancolique.

En quittant Mathilde, je coche sur mon carnet les dates qui forment une ligne verticale :

1er avril, première apparition.

3 mai, anniversaire de la mort de Blanche et deuxième apparition à Montparnasse. Danse de Rose.

25 mai, résurrection d'O2.

3 juin, dialogue avec Mathilde sans cloison.

Minuit.

4 juin, je ne suis plus sûr d'avoir vu quelque chose.

Chapitre 22

— Je vous avais prévenu, monsieur Mourange, pas de miracle, j'avais bien dit, pas de miracle.

— C'est un petit chien. Je ne suis même pas certain…

— Il n'y a pas de petits miracles. J'ai ici des témoignages sincères et nombreux…

— J'étais seul.

— Sincères et nombreux, comme toujours dans ces situations. Le chien était mort, vous l'avez ressuscité…

J'explique à Monseigneur Douze, contrarié sur son fauteuil, le déroulement de l'affaire. Il m'offre à contrecœur un chocolat extrait d'une boîte à moitié vide sur son bureau. Nous mâchons face à face.

— Vous auriez pu vous passer de tout cela, monsieur Mourange. Rome m'envoie des experts de leur comité, des Italiens. Rendez-vous compte… Je ne vous le cache pas, je pense que la place de la papauté est à Avignon. Comme au XIVe siècle. C'était l'âge d'or. Des papes français, des cardinaux français, une Europe française, on pouvait s'entendre. Historiquement, Rome restera toujours la ville de Caligula et de Néron avant d'être celle de Pierre et Paul qui n'y sont passés que pour mourir.

Un nouveau chocolat disparaît dans la bouche de mon évêque.

— Je vous le confie et ce n'est certes pas très chrétien, mais nous sommes entre amis, je déteste l'Italie. Ce pays naturalisé, cette petite Egypte prétentieuse sans pyramides. Bien sûr, j'ai beaucoup d'admiration pour les Romains, après Constantin, et pour leur Renaissance, mais la nôtre était autrement plus spirituelle et plus subtile. Je trouve les chairs de Michel-Ange flasques. Si vous comprenez l'image.

— Nous comprenons, répond le père Baugin.

Monseigneur Douze me regarde avec bienveillance.

— Vous avez revu Notre Mère ?

— Oui.

— Vous n'avez reçu aucun message ?

— Non.

— Cela vaut mieux. De nouvelles révélations seraient finalement plutôt encombrantes. Les Ecritures sont closes. Tenez-moi au courant si elle venait à vous demander quelque chose de notre compétence : église, pèlerinage, déclaration… Nous aviserons. Mais ne vous sentez pas contraint. Je vais voir avec le père Baugin comment retarder ces experts étrangers. Racontez-moi votre rencontre.

Je raconte.

— Un caillou ?

— Oui.

— Vous avez lapidé la Sainte Vierge ?

— Lapidé est un grand mot.

— Etienne, le premier martyr chrétien, a été lapidé. Vous avez renouvelé, en quelque sorte, les persécutions de l'Empire romain.

— Je regrette ce que j'ai fait.

— Je pense que vous serez pardonné. Bernadette a lancé de l'eau bénite à Marie pour s'assurer qu'elle n'était pas victime d'une illusion démoniaque. La Vierge a l'habitude de recevoir des projectiles. Et en pesant le pour et le contre, je trouve un bénéfice à ce péché qu'il faudra pourtant confesser avec la plus grande ardeur. Vous avez, à n'en pas douter, limité considérablement les chances de la voir vous réapparaître. Ce qui est la preuve d'une certaine sagesse. Le pèlerinage diocésain de Lourdes commence dans deux semaines, il serait utile que vous vous y rendiez.

Le père Baugin acquiesce.

— Pourquoi ?

— Pour vous fondre dans la masse, si vous me pardonnez l'expression. Il faut faire de vous un catholique fervent pour rendre votre histoire moins miraculeuse. Une apparition sainte sur un terrain aussi aride que le vôtre, risque de gagner en crédibilité, ce que personne ici ne souhaite. Aujourd'hui, un fidèle illuminé confine les sceptiques dans leur scepticisme, un incroyant qui malmène Celle qui prend la peine de lui rendre visite, intrigue. Je ne vous demande pas de jouer à l'exalté mais simplement de ne pas attirer l'attention. Votre présence régulière à la messe dominicale serait aussi du meilleur effet.

— Je ne suis pas sûr de...

— Cher monsieur Mourange, nous avons vécu avec le père Baugin les conséquences désastreuses de ces mystères de la foi heurtant le tout-venant. Vous avez étudié les dossiers. Tout ce bruit. Ces cymbales. Cette foule. Et pourquoi ? Pour transformer la venue de Notre Mère en spectacle, pour entendre d'improbables révélations qui ne révèlent rien. Les apparitions nous font apparaître, voila la vérité. Elles fournissent en éléments nutritifs notre avidité rationnelle. J'ai passé mon existence de prêtre, à lutter contre le besoin de preuve, cette dérive policière de notre intelligence. Nous ferions mieux de prier Dieu, monsieur Mourange, plutôt que d'enquêter sur Lui. Les preuves compliquent l'affaire. Si la Vierge choisit d'apparaître, je dois reconnaître qu'elle choisit bien plus souvent de rester cachée, sa présence accuse son absence. Si Notre Mère commet quelques miracles, elle fait surtout preuve, le Seigneur me pardonne, au regard de la demande, d'une infinie paresse. Vous percevez bien la trivialité de ce mode de pensée. La Vierge au service du Vatican, je n'y crois pas. La Vierge demandant des chapelles, je n'y crois pas. Notre Mère menaçant de la colère de son fils, si nous désobéissons, je n'y crois pas. L'idée de châtiment m'a toujours semblé être une forme de parasite sur la peau des religions, un lichen. Quelque chose vous est apparu, de beau, de silencieux, soyez-en sûr. La Vierge vous est bien venue. Je le sens avec toute la force de ma foi. Mais les apparitions nous dépassent de si haut que notre inconscient résiste au vertige, en les tirant vers la terre. Ayez confiance. Gardez tout cela pour vous, comme une belle aventure personnelle.

— Pourquoi moi ?

— Pourquoi vous ? Pourquoi les petits bergers sont-ils choisis ? Ceux qui ne demandent rien au monde ? Je sais que vous avez souffert et prié peut-être. Vous croyez avoir été écouté ? Au bout de votre grande douleur d'homme veuf et seul ? Je vous le confie amicalement et sans vouloir vous blesser, mais vos drames occupent une moyenne finalement très acceptable sur l'échelle des tragédies humaines. Je dirais même que votre élection sur des critères purement doloristes, serait le signe d'un manque d'équité flagrante. Rendez-vous à ce pèlerinage où vous trouverez peut-être un certain repos. Vous serez d'ailleurs le seul pèlerin qui marchera vers Lourdes avec le grand désir de n'y rien voir.

— Je n'ai jamais pensé que je méritais quoi que ce soit. Mais pourquoi venir aussi inutilement, sans rien apporter à personne ?

— Et qu'espériez-vous ? Une meilleure santé ? Un meilleur sort ? Une résurrection ? Qu'est-ce qui différencie la Vierge du génie de la lampe qu'on frotte et qui nous exauce pour nous remercier ?

— A part son impuissance, rien.

— Si. Sa compassion. Si la Vierge partage mes douleurs, si Dieu compatit, cela me suffit. Je n'ai pas besoin qu'il me rende service.

— Vous lui demanderez de verser une larme sur vous ?

— Sur nous. Je ne veux pas vous inquiéter mais le monde spirituel vous a envoyé un message, pas un cadeau. Bernadette s'appelait sœur Marie Bernard au couvent de Saint-Gildard à Nevers où elle a fini ses jours avec la tuberculose, dans de grandes souffrances. La Vierge l'a laissée. La Vierge nous laisse. C'est un autre mystère, cet abandon de ceux qui ont été choisis. Pas de voyant heureux. La Vierge a été claire avec Bernadette : « Je ne vous promets pas le bonheur dans ce monde, mais dans l'autre. »

Il me raccompagne à la porte.

— C'est peut-être à nous de faire les miracles, monsieur Mourange.

— Vous nous croyez capables de miracles ?

— Oui. Ce n'est pas la thèse officielle, mais je crois à de grandes possibilités offertes à nos corps et à nos esprits. Je crois que nous avons en nous-mêmes, toutes les solutions de guérison. Je dis toutes. Les maladies les plus incurables ont un remède caché dans un détour de notre conscience. Aucune n'y résiste. La question est de savoir pourquoi nous refusons d'être guéris.

— Tout le monde veut guérir.

— Ne croyez pas cela. C'est rare le désir de guérison. Il y a une volonté d'en finir chez l'être humain, un appétit de disparition. La vie ne tient pas les promesses qu'elle nous a faites au début de notre relation avec elle. On sent d'instinct que la mort sera plus loyale et que le néant ne nous décevra pas. Nous devons lutter contre cette séduction qui au fil des âges nous a rendus mortels. Les miracles ne font que libérer nos dons anciens d'hommes qui aimaient vivre.

— Je n'attends aucun miracle.

— Vous êtes comme tout le monde, vous attendez votre miracle. La résurrection de votre femme, par exemple.

Le corps de Blanche réapparaît. Je n'ai pas envie de faire durer trop longtemps cette mauvaise sensation de cœur qui s'arrête. Je m'en vais. Il me retient.

— Plutôt que dire « non » à la Vierge, lancez-lui un défi.

— Quel défi ?

— Montrez-lui que vous êtes capable de faire aussi bien qu'elle.

Chapitre 23

Tû est contrarié. Sa clientèle a baissé ces derniers mois. Il a accepté la proposition d'un vétérinaire débordé de la porte de Passy de venir le seconder pour des remplacements hebdomadaires, le samedi de 8 heures à 19 heures. Il a dû revenir aux animaux lointains qui avaient quitté sa vie de tous les jours, les chiens et les chats. Mais il ne s'agit pas des animaux, c'est l'occident de Paris qui trouble Tû. La relation avec les maîtres de là-bas. Félix est d'accord et résume froidement sa pensée :

— Il y a une géographie des emmerdeurs.

Tû souffre de déconsidération. Il ne sait pas gérer le rapport de force que la clientèle huppée exige, ce droit à l'irrespect qui a échappé aux lois du 4 août 1789.

— Il y a peut-être des exceptions, suggère Tû.

— Non, il n'y en a pas, conclut Félix.

Le prix des honoraires exigés en dédommagement de la condescendance n'y change rien, Tû s'enrichit d'amertume. Il me demande un soutien affectif et financier pour remplacer ses remplacements. J'accepte. Pour la participation de Félix, parcimonieux dans ses donations, Tû pense nécessaire de crypter sa requête, en idéogramme de langage. Il lui propose un haïku, petit poème japonais rarement utilisé pour une sollicitation d'aide pécuniaire :

— « Si fane la fleur, où va le papillon ? »

— T'as besoin de combien ? répond Félix, initié.

Je l'ai emmené à Gouvieux. Mon père a toujours aimé Tû et sa philosophie. Il considère Félix avec distance, ne lui pardonnant pas son humeur positive. Tû a trouvé en lui un frère d'âme, qui croit en la transmigration de ce que nous sommes, quand nous ne sommes plus rien. Un jour, il a voulu savoir en quoi mon père voulait se réincarner : « En moins. Animal, végétal, pierre... Moins de pensée est le seul horizon souhaitable. » Cette réponse l'a hissé au plus haut sommet de la considération de Tû.

Il nous installe à ses côtés, avec chaleur, prend des nouvelles de mon ami qu'il félicite pour sa pauvre mine et fait avec lui le point sur ses dernières recherches théologiques en négligeant radicalement ma présence.

— Si tu y réfléchis, c'est une tragédie, l'histoire de la Vierge. Jésus fait un avec le père. Le père est le créateur de l'humanité, donc de Marie. Le fils de Marie est donc en même temps son père. Elle peut se dire qu'elle a été créée par le créateur qu'elle a créé, en tant que créature. Si elle s'y retrouve, elle perd sur la croix, son fils, son père, son beau-père et au bout du compte, le père de tous ceux qui l'entourent.

— Un vrai massacre, se réjouit Tû.

De la distance lointaine qui me sépare d'eux, je les observe déguster avec gourmandise le sinistre menu de leurs idées funèbres. Repu, mon père se rappelle mon existence. Mes apparitions ont réveillé le vieil historien endormi. Il compile. Je dois lui envoyer des livres. Son programme est d'éliminer les contre-hypothèses qui pourraient invalider mon expérience et en particulier une manipulation diabolique. Caractéristique de l'apparition diabolique, l'impureté.

— Marie est-elle désirable ?

Je rassure. Marie n'a aucune séduction. Il s'y attendait et développe :

— Marie est différente des autres femmes. On ne veut pas la posséder, on la regarde passer sans ambiguïté, pas seulement parce qu'elle incarne la mère de notre créateur, notre grand-mère originelle par conséquent... Non, on ne la désire pas, parce qu'on ne se reconnaît pas en elle. J'ai mis longtemps à comprendre et je pense que Tû s'accordera avec cette vision des choses. C'est la mort, le signe de reconnaissance. Cette petite imperfection qui rappelle la nécessité de se reproduire avant la fin écrite. On ne peut pas désirer une femme éternelle. Marie n'a séduit personne. Aucun homme ne s'est retourné sur elle. Joseph a délégué son devoir conjugal à l'ange Gabriel, avec le plus grand soulagement. On sent bien qu'il ne s'est rien passé de salé dans cette histoire. D'ailleurs dans la mythologie, après un début fertile, les dieux ne prospèrent pas tellement entre eux. Le désir de Zeus, quand il se libère, vers qui se tourne-t-il ? Les mortelles, qui en beauté pure sont sans doute très en dessous de la perfection physique des déesses. Même chose pour les anges du livre sous-estimé d'Enoch, qui se précipitent sur les humaines et les engrossent. Quelle que soit la culture, le divin courtise le terrien. Et si nos femmes intéressent à ce point les éternels, c'est qu'elles ont quelque chose de désirable que la belle Aphrodite ne possède pas. Or, le seul attrait qui manque aux déesses, c'est la mort. Notre charme.

Tû acquiesce et délivre la note maximale à mon père. Je propose de les laisser finir la soirée ensemble.

Je n'ai eu à répondre à aucune question sur ma vie personnelle, règle que mon père respecte scrupuleusement depuis ma majorité.

En partant, j'ai tenu à l'informer.

— J'ai rencontré quelqu'un.

— Tu as déjà quelqu'un. Tu as Rose.

— Je sais. Quelqu'un que je peux aider.

— Toi ?

— Oui.

— Ce n'est pas tellement dans tes habitudes.

— Ni dans les tiennes.

Mon père n'insiste pas. Il a été un bon père d'enfant et un mauvais père d'adulte. A la mort de Blanche, il m'a donné le mode d'emploi de son affection, en m'expliquant qu'il ne pouvait pas supporter de partager le malheur de ses fils. Il m'a dit : « On se reverra quand tu iras mieux. »

— C'est la Vierge qui t'a converti à l'altruisme ?

— J'ai rencontré une jeune fille. Elle a 17 ans. C'est la première fois depuis Blanche que je vois quelque chose devant moi.

— Qu'est-ce qu'elle fait dans la vie ?

— Elle se laisse mourir.

— Pourquoi t'intéresses-tu tellement à elle ?

— Je crois que c'est une rencontre miraculeuse.

— Plus miraculeuse que celle de Marie ?

— Beaucoup plus.

— Tu vas aller à Lourdes ?

— Oui.

— Rapporte de l'eau. Pour mes plantes.

Chapitre 24

Jour de cinéma. Troisième séance avec le père Baugin. Notre amitié se découvre peu à peu dans les chapelles des salles obscures, devant les vieux films que nous avons déjà vus et que nous sommes certains d'aimer. Nous dînons après, sobrement, sous l'œil réprobateur de Félix qui se méfie de mes nouveaux amis.

Festival Marilyn : *La Rivière sans retour.*

Rendez-vous rue des Ecoles, dans la salle presque vide. Nous ne parlons pas avant le début. Nous nous préparons en silence, sans l'avouer, pour soigner l'apparence intérieure, pour les embellissements nécessaires avant la rencontre avec Marilyn.

Quand elle s'est montrée à l'écran, elle a bien voulu se partager entre nous équitablement. Chacun a reçu sa part. Elle m'a semblé active, pleine d'utilité et de sens. J'ai su au contact de sa peau, qu'elle ne se contentait pas d'apparaître mais qu'elle me visitait.

Au bout du film, elle chante dans le bar, la chanson titre où elle explique que ses espoirs se sont évanouis. Elle la chante, tout en sachant que Robert Mitchum va revenir avec la nouvelle vie dont elle a toujours rêvé. Elle connaît la fin, mais pourtant, elle met dans sa chanson des accents de tristesse pure. Comme s'il fallait qu'elle dépose ses larmes, avant d'être heureuse pour l'éternité.

Quand elle a disparu de l'écran, j'ai vu le père Baugin acquiescer.

Moi aussi, j'étais d'accord avec Marilyn.

Le pèlerinage commence dans huit jours. J'ai convaincu Félix et Tû de m'accompagner. Je les retrouve à la terrasse du restaurant, avec Mariette qui m'a pardonné la gifle que j'ai reçue. Je l'embrasse. Elle tapote gentiment ma joue droite.

— Tu y crois toi, à tout ça, Mariette ? demande Félix en remplissant le verre de rosé qu'elle vide à petites gorgées délicates mais efficaces.

C'est sa manière de boire qui a séduit Félix, la première fois. Mariette ne refuse jamais un verre, mais précise fermement qu'elle n'acceptera pas plus qu'un fond. Les fonds de Mariette ont la forme d'un verre plein traditionnel.

— Si j'y crois ? Bien sûr que j'y crois. A mon âge, sans message du ciel, la vie n'aurait aucun intérêt.

— Au mien, ajoute Félix, on se passe très bien de voir la Vierge, surtout qu'elle peut avoir une mauvaise influence sur ceux qui la rencontrent.

Je suppose que « ceux » s'adresse à « celui ».

— Et je ne suis pas le seul à le dire. Tû est de mon avis.

Je me tourne vers mon second ami qui depuis notre arrivée n'est sorti qu'une seule fois de son mutisme pour attirer notre attention sur le cheminement d'une fourmi champêtre, rare en milieu urbain, attirée par la cerise au bord de son verre. Tû nie mais précise. Pour lui, la Vierge doit se juger à ses actes. Les actes divins visent à détacher l'homme du désir d'exister. Solennellement, Tû me demande si mon envie de vivre est toujours aussi prononcée. Je reconnais qu'elle reste un peu présente. Il conclut que la Vierge est une illusion et qu'il faut traverser les illusions spirituelles comme les matérielles.

— Ce n'est pas une illusion, intervient Mariette. La Vierge a dit un jour « Il faut que vous croyiez en moi, pour que je croie en vous ». Il faut faire le premier pas vers elle. N'est-ce pas, Pierre ?

J'approuve.

— Je n'ai pas le souvenir d'une grande motivation de ta part, au moins pendant tes cinquante premières années, persifle Félix qui n'excuse pas mes absences aux rendez-vous quotidiens, depuis Mathilde.

— D'une manière ou d'une autre, elle reviendra, ajoute Mariette.

— Surtout s'il lui lance des cailloux.

— C'est un don, Félix, continue Mariette. On ne peut pas l'expliquer.

— Je l'explique très facilement. Un homme déprimé, veuf depuis dix ans, refuse toutes les aventures apportées sur un plateau par ses amis dévoués et patients. Approche l'andropause…

— C'est au programme des cuisiniers, l'andropause ?

— … Approche l'andropause, reprend Félix pincé, baisse de libido, baisse de testostérone, baisse de tout. Et quand je dis baisse, je dis doute. Solution : la femme virtuelle.

Je prends mon air le plus détaché.

— Je crois qu'il y a un petit arrière-goût de jalousie dans ta soupe hormonale.

— On a tous des dons, vous aussi Félix, rassure Mariette.

— Je sais. Moi, j'ai le plus naturel de tous, mon groupe sanguin, O négatif, donneur universel. Je peux donner mon sang à n'importe qui. Pas besoin de miracle.

— Et la dernière fois que t'as donné ton sang, c'était quand ?

— Je me réserve pour Tû qui a un groupe rare. Toi, tu pourras te contenter du tout-venant.

Félix ressert Mariette et trinque avec amitié. Il a vu sa main droite gantée et peu mobile. En parlant, elle agite souvent la gauche devant elle, pour attirer le regard à l'écart de l'autre. Un serveur en passant a heurté sa table et son verre a oscillé. Elle a eu le réflexe de le maintenir avec sa main droite. Les doigts ont tenu maladroitement le bord en faisant déborder le vin. J'ai fait semblant de ne rien voir.

Félix ne fait jamais semblant. Comme il ne s'attendrit pas facilement, sa manière est directe et simple. Il demande à Mariette le nom de sa maladie.

— Je tremble et ma main se transforme doucement en pierre. Voilà. Je n'aime pas prononcer le nom de ma maladie.

Mariette pique du nez. Félix lui ressert un verre de consolation. Mais Mariette ne boit plus. Le silence nous a pris par surprise. Le tremblement fait vibrer la dentelle noire sur le poignet. Je pense aux sensations étranges que j'ai moi aussi, des muscles qui tressautent, des fourmis, des gênes, les petits signaux de détresse du corps qui clignotent.

Les maladies ont toujours des noms d'homme. On n'a jamais eu l'idée de donner un nom de femme à un virus ou à une bactérie. Nos maux seraient pourtant plus présentables au féminin. On vivrait mieux avec la tumeur d'Isabelle, le lymphome de Micheline, le mal de Véronique, la mélancolie de Mathilde.

Mariette nous quitte. C'est sur moi que son sourire se reforme.

— La Sainte Vierge t'a montré le chiffre 3, cela veut dire qu'il te reste une apparition. Ne rate pas celle-là, Pierre.

Chapitre 25

Félix m'explique, inquiet. Une inspection de l'hygiène a découvert dans sa chambre froide le coin laboratoire de Tû.

— Le coin laboratoire ?

— Oui, Tû m'a demandé si je pouvais faire une petite place pour la conservation de ses spécimens.

— Dans le frigo du restaurant ?

— Oui, enfin à l'écart, au fond, dans des sachets hermétiques. Il n'y a aucun risque évidemment.

— Quels spécimens ?

— Un peu de tout. Tu connais Tû.

— Quels spécimens, Félix ?

Félix s'éclaircit la voix.

— Des rats musqués.

— Des rats ?

— Musqués.

Je ne sais pas quoi dire. Je regarde la mine déconfite de mon meilleur ami qui semble chercher son souffle.

— C'est grave, Pierre. Ils vont fermer le restaurant.

— Et Tû ?

— Il est allé témoigner pour moi. Mais il a aggravé les choses. Un Chinois, ça a fait écho avec les vieilles rumeurs sur les restaurants asiatiques. L'inspectrice vient tout à l'heure. Je voudrais que tu restes avec moi.

Félix tangue pauvrement. Je cherche impuissant des mots de réconfort. Je risque un « ce n'est pas grave » qui m'avait fait du bien autrefois, mais les épaules de Félix s'affaissent. Je remplis nos verres et encourage le silence entre nous à s'alcooliser sans retenue.

— Et Mariette ? interroge Félix.

— Quoi, Mariette ?

— Elle a souvent des idées. Elle peut trouver une solution.

Les solutions de Mariette ressemblent à des châtiments. La solution du mercredi oscille encore au-dessus de ma tête comme une guillotine sur le cou de ma carrière. Tû nous rejoint. Puis Mariette, pimpante en voilette de dentelle rouge, maquillée pour une fête.

— Qu'est-ce que tu fêtes Mariette ?

— Je ne fête rien.

Elle perçoit les relents de sinistre dans l'ambiance de la terrasse. Je résume. Félix la fixe avec espérance.

— Tu peux faire quelque chose ?

Mariette réfléchit puis rassure.

— J'ai une solution.

Nous nous sommes retrouvés en fin d'après-midi, tous ensemble autour de Félix, très impliqué dans le service de la terrasse, soupçonnant chaque client d'enquêter secrètement sur lui.

Une femme seule arrive par surprise, Félix a son œil de velours.

— Qu'est-ce qu'elle prendra la petite dame ?

— Kheira Kirchoff, inspectrice de l'hygiène. Un verre d'eau sera très bien.

Félix fond. Une réaction chimique interne transforme la consistance de ses joues en gelée. La couleur de son teint aussi, vanille. Kheira Kirchoff, la quarantaine, yeux acier, traits coupants gardant la trace des lames qui les ont sculptés. Le sourire est une option que les lèvres n'ont pas retenue. Elle paraît aussi aimable qu'un taon dont on vient d'exterminer la descendance à l'insecticide. Sa silhouette est difficile à juger sous un caban breton qui aggrave le style têtu de sa présentation. Les cheveux sont tirés sans gentillesse sur son crâne, arrimés en arrière par une barrette métallique tranchante sur ses bords.

— Vous êtes Félix Moillon ?

Félix balbutie. L'effet conjugué de l'émotion et de l'alcool lui donne un air d'attardé mental.

— Je lis le rapport de l'inspection. Vous abritez donc dans la chambre froide du restaurant, des rats décédés.

— Musqués. Et…

— Et ?

Les mots de Félix s'écoulent, pâteux.

— Et sous cellophane.

— Vous êtes conscient de la gravité de l'affaire ?

— Les animaux sont suivis par un vétérinaire, se défend Félix. Il y a une certaine garantie.

— Une certaine garantie de quoi ?

— De sécurité sanitaire.

C'est parti à ce moment-là. Sur le visage impassible de Tû. Pas tout à fait impassible pour ceux qui le connaissent. Un petit tressautement de coin de bouche presque imperceptible mais témoignant pour les spécialistes d'un état d'hilarité profonde. Le rire de Tû ne se dévoile qu'à ses amis intimes. Il ne s'exprime pas en sons mais en secousses de quelques territoires musculaires dispersés sur son visage. C'est au clignotement de sa paupière que j'ai senti que je ne pourrais pas freiner la vague. J'ai essayé de tousser pour cacher le premier symptôme du rire, mais j'ai été dépassé. Félix n'a pas pu retenir son sourire franc que rien ne peut dissimuler. L'inspecteur Kirchoff a planté son regard dans mes yeux couverts de larmes et Mariette de son côté, a aggravé les choses en distillant un bruit de cigale à travers son mouchoir.

— Je suis contente de voir que tout ça vous amuse. La fermeture du restaurant sera effective dès demain.

Cela n'a pas suffi. Tû a laissé échapper un sifflement sonore communicatif. J'ai hoqueté et Félix perdu entre deux humeurs a laissé couler ses larmes pour entretenir le doute.

— Vous me plantez un couteau dans le dos, si vous fermez mon restaurant.

— C'est mieux qu'un bistouri dans le ventre de vos clients empoisonnés.

C'est à ce moment que j'aurais dû percevoir la scène subliminale dont les détails n'ont touché ma conscience qu'un peu plus tard. La main gantée de dentelle de Mariette passant au-dessus du verre de l'inspecteur Kirchoff, quelques gouttes presque invisibles glissant à la surface, la bouche aux lèvres minces à leur contact et un peu plus tard, cette vision presque irréelle du visage anguleux, figé comme sous l'effet d'une décharge électrique à fort voltage. Puis, la chute progressive de la tête en avant, le corps flasque autour.

Mariette annonce triomphante :

— J'ai trouvé la solution.

L'inspecteur Kirchoff gît inanimée devant nous, maintenue en équilibre par sa chaise dans un état de conscience lointaine.

Nous nous regardons comme à la sortie d'un mauvais rêve, pour s'assurer que ce qui vient d'être vécu n'est qu'un funeste et jetable produit de notre imagination. Félix tétanisé articule :

— Mariette, tu l'as tuée.

Mariette hausse les épaules et relève les paupières sans résistance de sa victime.

— Tout va bien, l'oiseau dort.

Mariette expose. La voix claire, le discours technique. Diagnostic de la perte de connaissance : anémie aiguë. Mesure de survie : transfusion sanguine. Donneur universel : Félix. Hospitalisation chez Simon. Mise en scène de la transfusion. Réveil. Félix Moillon, sauveur. Reconnaissance, amitié, dépendance, fermeture du restaurant annulée.

— C'est sublime, s'extasie Félix qui attend mon approbation.

— C'est une catastrophe.

Je le regarde étreindre Mariette, indifférent au râle s'échappant de la bouche entrouverte de l'inspectrice livide. C'est ma première tentative d'homicide. Je regarde Tû qui hoche la tête pour exprimer son admiration. Je suis seul dans la réalité désastreuse que mes proches ont désertée. Autour de nous, personne ne semble avoir rien remarqué. Seul, dans cette ville de deux millions d'habitants, à m'intéresser au sort d'une femme qui vient d'être empoisonnée en public. Mariette redresse un peu la tête de sa victime et lui tapote amicalement la joue. Félix s'inquiète enfin et m'interroge :

— Comment vas-tu convaincre Simon ?

— Je ne vais convaincre personne, on va appeler la police et les secours.

Mariette intervient, offensée :

— Je te dis qu'elle ne craint rien, c'est du pavot malgache. Spectaculaire mais naturel et sans danger.

— Il faut appeler la police.

— Et tu vas leur dire quoi, reprend Félix. Qu'on a empoisonné une inspectrice de l'hygiène pour éviter de fermer un restaurant qui conserve des rats musqués dans son frigo ? Il faut aller jusqu'au bout Pierre, on n'a pas le choix. Et puis…

— Et puis quoi ?

— Je croyais que tu pouvais faire aussi bien qu'elle.

Il pointe le ciel, l'œil plaintif. Mariette détendue me suggère de ne pas trop perdre de temps, l'effet de l'hypnotique n'étant pas éternel.

Bienvenue en Cauchemardie.

J'appelle Simon.

Chapitre 26

— Pourquoi « non » ?

— Parce que c'est n'importe quoi.

Le « non » de mon frère cristallise ma motivation encore liquide et remonte le temps.

— Un, je ne vais pas exposer une innocente à une transfusion inutile. Et deux, comment veux-tu que je la justifie ? Madame, vous avez fait une hémorragie interne, très interne puisqu'il n'en reste aucune trace et très massive puisqu'il a fallu vous transfuser. Ne vous inquiétez pas, tout est bien qui finit bien. Vous trouverez à votre droite mon diplôme de médecin que vous voudrez bien déchirer proprement pour me laisser une moitié en souvenir.

— C'est la seconde fois que je te demande quelque chose Simon. La première, c'était une semaine avant la mort de Blanche. Je t'ai appelé parce qu'elle avait mal à la tête. Tu m'as dit que c'était une migraine et qu'il ne fallait pas s'inquiéter.

Simon se tait.

Clinique cardiologique.

Nous montons le corps somnolent de l'inspecteur Kirchoff, les yeux grands ouverts, l'air calme. Elle répond aux questions simples avec retard, par des sons. Je la trouve très détachée du monde extérieur. Simon s'inquiète.

— Elle est dans le coma ?

— Pas du tout, assure Mariette. Elle est en sommeil paradoxal.

Simon a trouvé une chambre à deux lits. Félix s'installe à côté de la belle, selon les goûts, endormie, dont la jupe découvre des jambes fines.

— Vite. Elle se réveille.

Le corps sans vie s'ébroue, puis s'apaise.

Simon prélève Félix. Le sang reflue dans une tubulure et monte vers un flacon.

— Ne t'inquiète pas. On prend un petit culot.

— C'est quoi un culot ?

— En principe 400cc. Autrement dit, rien.

Félix s'inquiète malgré les encouragements et se drape d'une pâleur spectrale.

— Je ne me sens pas très bien.

L'inspectrice ouvre un œil gris qui semble suivre vaguement les mouvements de nos corps dans la pièce.

Félix vacille et sombre. Simon me charge de surélever ses pieds. Mariette et Tû doivent sortir de la chambre. La surélévation des jambes ranime mon ami exsanguiné. Signe de bonne santé, il annonce que sa fin est proche et déclare, puisque tout est fini :

— Vous donnerez mon sang aux pauvres.

Je tiens la poche rouge qui oscille au-dessus du corps de Félix et de celui, somnolent, de Kheira Kirchoff, qui embellit dans l'inconscience. Nous restons à son chevet, Simon à nos côtés, avec un badge pourpre au cœur.

Elle s'éveille et interroge. La blouse de Simon occupe l'espace. Mon frère l'est à cet instant.

— Qu'est-ce qui m'est arrivé ?

— Docteur Mourange. Vous avez fait une petite syncope. On a été inquiet. Votre tension est restée très basse. J'ai préféré anticiper sur les résultats des prises de sang au cas où l'on trouverait une anémie sévère. Je n'avais plus rien de votre groupe. M. Moillon s'est proposé. Il est donneur universel.

— Universel, n'exagérons rien, rajoute Félix dont l'état s'améliore. Je donne à mon prochain, c'est tout.

L'inspectrice regarde autour d'elle, essayant de rassembler ses pensées désarmées par le pavot malgache.

— M. Moillon ?

— Appelez-moi Félix.

Simon rassure. Bilan normal. Transfusion inutile. Repos nécessaire, pour le donneur. Il prend un air soucieux au chevet de Félix dont les joues ne se sont pas recolorées. Le pouls est compté sur une très longue minute et la tension reprise en fermant les yeux. L'inspectrice s'inquiète.

— Ça va ?

Félix courageusement désamorce.

— Ça va. Je ne supporte pas la vue du sang, quand il s'agit du mien.

Les fils se sont dénoués. L'affaire du restaurant de Félix a été classée. Et Kheira Kirchoff revient souvent sur la terrasse pour prendre des nouvelles de la santé de Félix, ébranlée durablement par le retrait de ses précieux centimètres cubes universels. Il la reçoit avec un châle jeté sur ses épaules et un inhalateur assez peu adapté à son état, qui lui donne l'air d'un tuberculeux convalescent.

En quittant la clinique, nous n'avons pas échangé beaucoup de mots avec mon frère. On s'est embrassés comme d'habitude, rapidement et loin vers les tempes, là où les reliefs sont durs.

Chapitre 27

Solange court devant moi, avec Simon qui recommande le marathon aux cœurs fragiles. Nous courons quand il faut laisser reposer les engrenages de nos vélos. Je fixe mes yeux sur la queue-de-cheval de Solange qui sursaute là-bas, pendue à l'arrière de sa tête, carotte non désirable pour l'âne qui la suit de loin. Ils sont équipés d'une combinaison brillante qui renferme la chaleur du corps et entretient une combustion des graisses de surface. Solange me dit qu'elle est heureuse parce qu'elle « brûle ».

— Je t'attends.

Je sais.

Moi, j'attends mon souffle.

— Respire… recommande Solange qui tourne en petites foulées autour de moi.

Conseil subtil. J'avais décidé de fermer mes poumons pour une asphyxie en forme de revendication. Une grève alvéolaire pour défendre le droit des humains statiques à mourir de repos. Simon rebrousse chemin et nous rejoint en sautillant, satisfait de me démontrer le délabrement de mon état physique.

— Tu te rends compte maintenant.

Oui. Utilité du sport : révéler la nullité de son organisme.

— Il faut que tu arrêtes de fumer, de boire, de manger du bœuf et de végéter. Je t'ai prévu une épreuve d'effort, lundi prochain.

— Non.

— Si. Tu ne discutes pas. J'ai prévenu ton assistante.

Lundi prochain.

Je cours sur place, sur le tapis qui roule sous mes pieds. Assez agressivement, en accélérant à mesure que je peine. Je cours, face à Simon qui surveille le tracé de mon cœur sur un petit écran.

— Ça va ?

Je vais. J'ai une petite douleur derrière le sternum qui pointe aussi vers l'épaule gauche mais je vais. Je sens ma vie prendre une forme dans le creux de ma main, comme un petit animal chaud. La douleur est plus forte maintenant et descend vers le bras. L'attention de mon frère n'est pas à son comble, distraite par le décolleté de l'infirmière qui pigeonne sous une blouse fine comme une dentelle. Cela aussi, je l'ai perdu, le désir vraiment distrayant, le sentiment d'être pris dans le moment, en totalité. Je ne suis jamais nulle part en totalité. Simon si, qui ne voit pas sur l'écran le tremblement du trait de mon cœur, le petit décalage par rapport à la ligne qui signifie qu'on va mourir. La douleur fuse jusqu'au bout de mes doigts et la barre appuie sur mon thorax. La troisième apparition ne se fait pas. C'est pour elle que je cours, malgré les brûlures que mon cœur délègue aux os, aux muscles, aux dents à travers les mâchoires. Si la Vierge n'apparaît pas, je ne peux pas mourir. Deux visages se dessinent, Mathilde et Rose. Le tapis s'arrête brutalement. Simon est pâle.

— Tu n'as rien senti ?

— Rien du tout.

Il me regarde avec angoisse puis avec une belle émotion de frère, qui monte sur son visage, remonte aussi le temps, retire sa blouse, sa veste, sa chemise et le laisse torse nu sur une plage du Sud-Ouest, sa main dans la mienne, devant les vagues.

Je partirai du cœur, disait Gilberte. Moi aussi.

Gilberte m'accompagne à la sortie de la clinique, jusqu'à ma voiture. Pas en ombre. En couleur sur mon épaule, comme un papillon.

Retour chez le docteur Cotan. Mathilde a raté ses deux dernières séances. La salle d'attente est vide. Je ne me suis jamais senti aussi seul en attendant le pas silencieux de mon thérapeute. Je pense solder ma dette psychanalytique à très court terme. Dans quelques minutes, peut-être. Mathilde arrive enfin et m'apaise. J'ai préparé un paquet pour elle. Elle l'ouvre et rit joliment en cachant sa bouche.

— Qu'est-ce que c'est que ça ?

— Un pot de miel. De la gelée royale. J'ai pensé à toi parce que les abeilles ne la préparent pas pour n'importe qui. Elles la réservent pour leur reine.

J'ai repris ensuite mon écoute contre le mur. Son psychiatre lui reproche de ne pas s'exprimer suffisamment.

— Vous n'allez pas au fond des choses, Mathilde.

— J'essaie.

— Il y a en vous, quelque chose que vous nourrissez, qui détourne la nourriture que vous ingérez.

— Comme un parasite ?

— C'est cela. Une sorte de parasite qui grossit alors que vous maigrissez. Un Tænia saginata dans votre inconscient, autrement dit un ver solitaire. C'est une métaphore, bien évidemment.

— C'est horrible.

— Il s'agit le plus souvent d'un traumatisme ancien que votre esprit a effacé de votre conscience mais qui se meut dans les oubliettes, qui ondule sous la surface et s'alimente.

Je retrouve Mathilde dans la cour. Elle a les mains dans les poches, le col relevé, elle effleure le coin de sa paupière droit, comme pour enlever un cil et baisse les yeux quand je me rapproche.

— Comment s'appelle ton psychiatre ?

— Docteur Kalf.

Nous marchons dans les rues étroites. Elle se tait. Elle ne lève la tête que pour recevoir la petite pluie agressive qui s'est mise à tomber. La tristesse de son expression m'est insupportable.

— Le brigadier Mc Kalf qui enquêtait à Baskerville avait arrêté des suspects parmi les chiens errants, dont un vieux basset à l'agressivité atténuée par une paralysie faciale qui découvrait un maxillaire édenté. Holmes lui recommanda de le placer en haut de la liste des coupables des meurtres qui ensanglantaient la lande et le félicita pour sa perspicacité. Mc Kalf était une personnalité de la police londonienne. Holmes, en référence à ses origines côtières et à sa compétence en criminalité, l'avait surnommé « l'huître ».

Mathilde sourit et prend ma main. Nous continuons ensemble dans la nuit mouillée.

Mon frère m'a conseillé du repos. Comme le temps libre m'essouffle, j'ai repris le cours des consultations en regardant Rose, entre les chiens. Je la vois toujours danser. Il me semble aussi qu'elle a changé quelque chose, sa coiffure, son maquillage. Je lui pose la question, mais rien n'a changé. Je lui demande aussi des nouvelles du médecin du Sud-Ouest. Il se porte à merveille. Je n'insiste pas. Je laisse mon cœur reposer, c'est-à-dire se réveiller enfin peu à peu. Rose dirige les intrus vers Mariette qui commercialise les retombées du miracle en revendant des flacons d'eau plus ou moins bénite par mes mains. Le calme revient.

Le soir de ma consultation avec le docteur Cotan, après le départ du dernier chien, Rose est entrée dans mon bureau.

— Il y a une cliente pour vous.

— Quel animal ?

— Inhabituel.

— Envoyez chez le docteur Tû Minh.

— J'ai essayé. Elle dit que vous êtes le spécialiste de cette espèce.

Rose a noté le nom sur le petit carnet noir où elle consigne chaque jour les anomalies du quotidien.

— Tænia saginata.

— Je m'en occupe.

Mathilde n'est pas là.

— Je ne comprends pas, me dit Rose, elle est partie brusquement. Elle a laissé ceci.

J'ouvre le paquet. Le pot de miel vide, sans rien d'autre.

— Pourquoi souriez-vous ? demande Rose.

Je reprends depuis le début. Ma rencontre avec Mathilde, les séances mixtes chez le docteur Cotan, sa maigreur et ma volonté nouvelle.

— Votre volonté nouvelle de quoi ?

— D'être différent.

— Différent ?

— Oui. Comme vous, quand vous dansez.

Chapitre 28

J'ai invité Rose à dîner chez Félix. Elle a observé que je ne rajoutais plus Marie a son prénom. Il faut nous accorder, c'est difficile. Il faut laisser s'éloigner les années indifférentes passées côte à côte. Je lui parle avec précaution, sans trop m'approcher d'elle. Sur les pointes.

— Vous m'avez demandé quel miracle j'aurais souhaité, si la Vierge m'était apparue.

— Retrouver votre mère.

— Ce n'était pas la vraie réponse. La vraie réponse, c'est que je voudrais danser avec Fred Astaire. La danse de *Top Hat* dans le jardin de Venise, dans la robe blanche de Ginger Rogers.

Solange est passée ce matin pour se plaindre de son dos. Aux yeux de ma belle-sœur, mon diplôme de vétérinaire me donne une compétence en médecine générale humaine. Solange soupire sur ses vertèbres qui résistent à son activité sportive intense et sur l'humour du temps qui ne comprend pas le sien.

J'attends la phrase qui conclut toutes nos conversations médicales et que personne n'assume jusqu'au bout : « Il ne faut pas vieillir. »

En me quittant, elle reste quelques minutes aux côtés de Rose. C'est la première fois que Solange s'arrête pour lui parler. Rose commence à apparaître.

Le diagnostic de mélancolie du docteur Cotan tourne douloureusement dans ma pensée. J'ai vu une vierge noire, comme celles qu'on trouve dans les vieilles églises, porteuse de malheur comme un chat.

— Moi, je lui suis reconnaissante, dit Rose. Vous avez changé.

J'exerce à nouveau mon métier. Je termine tard. Rose ne me quitte plus comme avant. Nous nous rapprochons avec la même prudence, à la nuit tombée, pour ne pas exposer des sentiments sensibles à la lumière. Elle remplace tous les matins une petite fleur glissée sous le cadre de la photo de sa mère. Elle en a déposé une, hier, sur celui de Blanche. Je l'ai retirée.

Il faudra, un jour, faire disparaître les reliques, pour ne pas sentir les lèvres des fantômes s'embrasser sur nos bouches, pour ne pas occuper un amour hanté comme une maison où chacun trouvera une mauvaise façon d'aimer l'autre, sans quitter personne.

Mathilde vient rendre les pots vides. Je varie les contenus et les parfums. Elle a eu 18 ans. J'ai fêté son anniversaire chez le docteur Cotan en fredonnant pour elle, à travers la cloison. Le médecin m'a laissé faire, sans oser m'interroger. Il a téléphoné le soir à mon frère pour lui dire qu'une surveillance un peu plus rapprochée de mon état serait souhaitable.

Mathilde habite chez sa tante, la sœur de sa mère qui vit aux Etats-Unis, une femme âgée, attentive et malade. Elle l'a présentée à Mariette dont elle admire, sans nuances, les compétences médicales. Le courant est passé. Conséquence : les médecins qui traitaient son diabète ancien ont été congédiés, Mariette ayant clairement établi qu'aucune glycémie n'avait jamais résisté à son traitement à base d'aigremoine et de géranium.

Je n'interviens plus.

J'accompagne Mathide sur le chemin de Mariette chaque mercredi. Elle est souriante et lente. Elle fait durer le temps de la marche à mes côtés et je dois m'accorder. Le froid accélère les pas de ceux qui nous entourent. Nous avançons dans un couloir de verre sans tain où nous sommes les seuls à voir.

— Tu t'es réconcilié avec la Vierge ?

— Non.

— Et si elle était venue à ton secours ?

— Elle aggraverait son cas.

Mathilde hausse les épaules.

— Moi, je pense qu'il faut prendre ce qu'on nous donne.

— Sans se poser de questions ?

— Non.

— Ce n'est pas ce que tu fais avec la nourriture.

— Si c'était la Sainte Vierge qui me l'apportait, je la mangerais.

Elle s'arrête devant les boutiques. Elle regarde nos silhouettes dans les vitres. Mathilde a un geste à elle. Elle pianote sur son reflet. J'aime bien la voir faire. Elle a des doigts longs et vifs. C'est gracieux. Je l'imite.

Elle travaille chez Mariette le mercredi, autour des chiens fantômes. Mariette l'a adoptée aussi naturellement que je l'espérais.

Le premier jour, quand elle l'a interrogée sur son rôle auprès des chiens, Mariette lui a répondu qu'elle devait les faire manger. Elle a ajouté que les chiens malades n'avaient plus faim. Mathilde a demandé comment elle devait faire. Mariette a dit :

— Je n'en sais pas plus que toi.

Je passe les voir à la fin de ma consultation, à l'heure de Mathilde, à la nuit. Elle se prépare pour le repas des chiens. Elle n'entre pas dans leur cour sans se recoiffer. Elle dit que les animaux sont sensibles aux efforts. Mariette les laisse ensemble. Quand un chien meurt, elle attend le retour de Mathilde avant de me le confier pour son enterrement, le dimanche à la lisière de ma forêt.

Sa tante a autorisé Mathilde à dormir sur place. On dîne tous les trois.

Mariette a ouvert sa pharmacie pour elle et la traite aux extraits de cactus qui diminuent l'appétit chez les nomades du désert.

— Tu me donnes un coupe-faim ?

— Oui.

Mathilde cherche souvent un avis dans mon regard que j'ai appris, auprès de Mariette, à détourner.

— Tu ne manges pas parce que tu attends d'avoir faim. Tu attends que l'appétit vienne. C'est l'attente qu'il faut couper et les idées que tu te fais. Il faut revenir aux pensées simples. Moi, je dis comme pour les chiens : si tu ne manges pas, tu vas mourir.

Nous partageons donc, une fois par semaine, le menu des habitants du désert et Mathilde devient gaie.

J'ai remercié Mariette. Elle me l'a reproché.

Elle prépare des masques dont elles recouvrent toutes deux leur visage, avant la nuit. Mariette apprend à Mathilde à se soigner.

— Regarde les chiens, c'est quand ils te voient belle que tu arrives à leur faire avaler quelque chose. Donc, tout est question de beauté.

J'ai choisi pour notre dernière séance avant le départ pour Lourdes, un film sans Marilyn. Le père Baugin l'a déjà vu, mais je l'ai présenté comme mon film de cœur et il m'a dit qu'il le regarderait différemment. *Zorba le Grec.* Il ne se souvient que de la musique. Je résume. Un

Anglais, écrivain dépressif, part pour la Grèce. Il y rencontre un pêcheur qui devient son ami et lui redonne le goût de lui-même. Il investit sa fortune dans une île, dans la construction d'une rampe pour acheminer des troncs d'arbre jusqu'à la mer. Le pêcheur dirige les travaux. La rampe cède le jour de l'inauguration du chantier qui s'effondre autour d'eux. Je pleure toujours à la dernière scène sur la plage, où ils dansent en se tenant les épaules, Zorba et l'Anglais qui a tout perdu. Il me ressemble ce personnage, il a besoin d'une grande énergie extérieure.

— Quel est le mot qui vient à votre esprit quand vous pensez à votre vie ?

— Essoufflée... Vous jouez au psychiatre ?

— Non, répond le père Baugin en allumant nos cigarettes à la sortie du cinéma. Votre Anglais, je le préfère à Zorba. Il s'est frotté au monde. Il y a laissé ses espérances. C'est simple d'être Zorba le Grec. Il suffit de naître avec le don de vivre, au soleil de la Méditerranée. On nous dit qu'il a connu des souffrances, abandonné des êtres chers, fait la guerre mais il n'a pas été confronté à la perte de sens, comme votre Anglais des villes.

Nous marchons. Il a enlevé les signes de reconnaissance, la collerette et la robe. Je l'appelle Nicolas. Nous avançons au même pas, au rythme de notre tardive amitié.

— Vous savez, Pierre, ce que cache votre apparition ?

— Non.

— De la paresse. La solution au vide de notre vie est spirituelle. Personne ne peut sérieusement discuter ce point. La voie est difficile, longue, elle passe par le travail, les doutes, la prière et la déception incessante. Votre apparition vous évite ces écueils. Elle est une économie de temps et d'énergie. Un raccourci.

— Vous ne croyez pas vraiment que je l'ai vue, n'est-ce pas ?

— Votre psychiatre a peut-être raison. Vous êtes probablement désespéré et tout cela pourrait être le fruit d'un « beau désastre » comme dirait Zorba, ou son annonce. Mais, ce que je retiens, c'est que votre mélancolie a choisi une actrice particulière pour se mettre en scène. C'est ce choix qui compte. Le petit signal de votre inconscient, ce clignotement spirituel, embryonnaire, proche de rien. Peut-être n'avez-vous eu qu'une simple préoccupation pour le ciel, quelques secondes tout au plus, le temps d'une pensée pressée d'en finir avec elle-même. Et peut-être qu'une préoccupation suffit.

Chapitre 29

Tû m'accompagne à l'église en justifiant sa présence par un désir d'initiation théologique totalement falsifié.

Je lui avais demandé un jour, la qualité essentielle qu'une femme devait posséder pour attirer son attention sélective. Belle ? Drôle ? Subtile ? Malade… avait rajouté Félix.

— Petite.

Tû avait précisé :

— Les femmes d'ici sont trop grandes. On dirait des parasols. Il faut une femme qui ne cache pas le soleil.

Parmi les fidèles du père Baugin, Tû a rencontré une femme petite. Elle tient la librairie religieuse en face de Saint-Gervais. Camille. Elle s'occupe de l'intendance lors des week-ends de prières et des sorties vers les lieux saints. Elle est la seule à ne rien attendre de moi. Je n'ai jamais eu de message déposé dans ma poche. Je sais bien que l'affection des autres est faite d'espérance, mais pas la sienne.

Il a été facile de convaincre Tû pour le pèlerinage, après Camille.

Ils partagent leurs repas, à la librairie, parmi les livres, dans un silence qui ne les dérange pas. Camille sort peu et reste presque toujours assise pour cacher sa taille qui l'attriste. Je les ai présentés, mais leur relation s'est nouée sans aide extérieure. Tû rédige un traité sur la dépression animale, pathologie sous-évaluée, à qui il veut rendre justice. Sa thèse fait de notre tendance à l'anthropomorphisme le facteur limitant du diagnostic, avec des implications graves sur notre connaissance de la nature. Car, sans l'expression navrée d'un visage, sans les larmes et les plaintes, le risque est de surestimer l'humeur des espèces qui nous entourent et de croire à tort à la gaieté du monde. Or, selon lui, si les insectes ne pleurent pas, ce n'est pas par manque d'envie mais d'organe. Pour l'œil attentif, la dépression du moucheron se traduit par un vol immédiatement reconnaissable, lent, uniforme et orienté vers les becs des prédateurs. Tû étudie depuis longtemps les moucherons suicidaires à la tombée du jour. Camille s'est prise d'un intérêt singulier pour les inspirations de Tû que nous avons renoncé à partager. Elle lui a proposé une aide bénévole pour ses travaux. Tû a accepté et Camille s'est levée. On peut les surprendre ensemble, le soir, autour des points de lumière, à la recherche des insectes désespérés.

Le père Baugin reçoit Tû avec chaleur. Il s'efforce de lui ouvrir l'accès à une religion obscure. Tû précise que la résurrection chrétienne est la pire malédiction qu'un homme peut subir. La réincarnation dans un corps différent est un progrès, les retrouvailles avec le nôtre, une catastrophe. Moi, qui ne vois pas tellement plus loin que l'horizon de ma vie, j'ai surtout conscience du rien qui m'attend. Le père Baugin corrige pour mon bien :

— La simple conscience de la mort ne fait pas de nous des êtres humains. Les animaux n'en sont pas dépourvus. Vous m'avez rapporté des sentiments prémonitoires chez les chiens. L'essentiel, c'est de pouvoir habiter cette conscience, ne pas définir la mort par défaut, comme une absence de vie ou de réalité, lui donner de l'être.

Je comprends l'idée : être homme, c'est être mort.

— Qui l'a laissé entrer ?

Tû reçoit physiquement l'impact de la question. Il recule. La voix sifflante crochète à nouveau dans l'ambiance feutrée du local d'accueil de la paroisse.

Je pensais éviter l'heure de Marthe. Fidèle dévouée, organisatrice des retraites et des pèlerinages. Air de fouine, octogénaire énergique, surnommée affectueusement « l'aspic ». Ennemie intime de Mariette et du reste du monde. Un amour ancien et déçu d'Indochine, l'a rendue partiale dans ses jugements sur les peuples de l'Asie.

Elle porte sur Tû un regard où le désir de nuire se lit en majuscules.

J'accompagne mon ami vers la sortie. Il la salue respectueusement.

J'avais oublié Marthe. Une cure, trop brève, l'a éloignée de Paris pendant quelques semaines. Pour fêter son retour, Mariette a décidé de lui administrer un violent purgatif mélangé à une soupe amicalement préparée pour elle. Mariette dit souvent qu'il faut avoir de la tendresse pour son semblable sauf quand le semblable est trop dissemblant. Marthe la déteste aussi puissamment et le lui a déjà prouvé en la dénonçant à la police, pour exercice illégal de la médecine. L'hostilité est le sentiment qui nous unit autour de Marthe. De la compassion l'entoure aussi. Elle a développé une tumeur inopérable de l'os de l'avant-bras droit. Elle souffre avec des accès de pâleur qui la saisissent lors de décharges douloureuses qu'elle reproche à ses voisines innocentes de déclencher par leur simple présence. Dans la vie quotidienne, elle a gardé un esprit colon prononcé qui a englobé avec le temps l'intégralité du genre humain. Elle considère son prochain comme son précédent. Mariette, dont la réserve de servilité a été peu dotée, répond à ses ordres en la menaçant de lui jeter un sort, menace à laquelle la superstition de Marthe est sensible. Car Marthe a peur des démons.

Nous les tenons à l'écart l'une de l'autre. Et très à distance depuis l'affaire du lhassa recueilli par le père Baugin, le chien malade de notre première rencontre. Les poussées de fièvre avaient révélé un cancer de la colonne vertébrale que je ne pouvais pas traiter. Mariette multipliait les préparations mystérieuses que l'animal avalait avec confiance. Un lien s'était tissé entre eux, avec cette force affective que les chiens sont capables de tenir jusqu'au bout. Mariette s'était attachée à lui, sans mesure. Son état se dégradait. Le prêtre s'était finalement résolu à me le confier pour faire ce qu'il faut. J'avais donné rendez-vous pour un mercredi. Mariette attendait dans la cour. L'heure est passée.

Quand j'appelai le père Baugin, il me répondit surpris.

— Marthe ne vous a pas prévenu ?

— Prévenu de quoi ?

— C'est fait. Elle s'est occupée du chien pour vous épargner l'épreuve douloureuse. Elle l'a emmené dans une clinique hier matin.

J'ai demandé à Mariette si Marthe savait pour les chiens du mercredi. Je connaissais la réponse. Je la vis écarter du doigt une poussière au coin de ses yeux, le geste de Mathilde. En partant, j'ai serré sa main, la droite, celle qu'elle ne veut jamais tendre.

Les préparatifs du pèlerinage occupent Félix à plein temps. Il prépare une malle où s'entasse un kit de survie adapté à un voyage de plusieurs mois en très haute montagne. Je lui rappelle que Lourdes se situe à 668 kilomètres de Paris, à une altitude de 400 mètres et que nos deux jours de résidence ne devraient pas menacer gravement sa santé. Rendez-vous à l'aube.

Chapitre 30

Paris-Tarbes. Je ne parle pas dans le train. Je regarde les paysages défiler et je cherche les chevreuils. On en voit beaucoup en prêtant attention. Il faut suivre la lisière des bois et être assis dans le sens de la marche. Ils sont là dans les champs. Par groupes. Je ne passe pas le temps en les cherchant, je me rends à de vieux rendez-vous. J'ai des souvenirs d'enfance dans les bois, dans la forêt des Landes, avec un ami qui n'est plus, pour ceux qui croient aux apparences.

Le compartiment est silencieux. Tû médite à côté de Camille, Félix somnole depuis la gare Montparnasse. Mariette tricote à ma droite. Le père Baugin a pris une place à l'écart près de Marthe.

Le rendez-vous est donc à Tarbes. Place de la Mairie.

C'est triste Tarbes. Pour certains, c'est la ville la plus triste de France. Pour moi, cela mérite d'être nuancé. Le maréchal Foch y est né ou mort, je n'ai pas vérifié. C'est l'attraction tarbaise, la visite de la maison du maréchal Foch. On s'y promène en attendant le départ pour Lourdes. C'est une grosse bâtisse avec les vêtements du maréchal Foch dedans. On la conserve avec beaucoup de précautions parce qu'à Tarbes, elle n'a pas de concurrent. C'est le maréchal Foch ou rien. En dehors de ce soldat, personne n'est jamais apparu ici. Marie a ignoré l'endroit et la ville en a retiré une amertume grise sur laquelle on glisse comme sur les flaques des rues humides. Car le climat est aussi négligent avec cette ville des Pyrénées où les Pyrénées sont lointaines. A Pau, tout près, les montagnes émergent des brumes, triomphantes quand on les devine, d'ici elles paraissent petites. Tarbes est donc un lieu défavorisé et même déshérité, par les paysages, les grands hommes et la Sainte Vierge. On peut se dire qu'il faudrait ne pas trop tarder à quitter ce lieu menaçant pour l'humeur, mais les choses ne sont pas aussi simples. J'aime bien me promener dans ces rues sans couleur, vers l'Adour sans romance, par les allées Leclerc où quelques fleurs font semblant de se réjouir du printemps. Je vais m'asseoir sur un banc du jardin Massey. Je suis déjà passé, il y a longtemps, sur la route de Pau où mon père est né. La vue n'a rien de remarquable. On économise ici, l'énergie d'extase. Tant mieux. Tarbes repose. Peut-être y habiterai-je un jour. Les villes insipides ont du goût.

Lourdes est à vingt kilomètres. Le père Baugin propose deux groupes. Les marcheurs et les autres qui les rejoindront en car. Le réveil pour les marcheurs est prévu à 4 heures du matin. Félix se porte volontaire pour se lever plus tard et accompagner les malchanceux que le car déposera devant le sanctuaire. Félix a le sens du sacrifice de l'effort musculaire. Nous nous retrouvons avec les pèlerins dans un petit hôtel à la sortie de la ville. Mariette tousse. Mauvaise bronchite attrapée pendant le voyage. Marthe accueille chacune de ses quintes avec des soupirs et parfois une parole d'encouragement :

— Il y a peut-être un âge où il vaut mieux rester chez soi.

Elles sont habillées de la même façon, comme des veuves avec robe et châle de laine noire, en sœurs portant un deuil, assez mystérieux pour Marthe qui n'a jamais été mariée. Elle déclare souvent que ses noces ont été célébrées avec Dieu. Auquel cas, le mariage s'est, à l'évidence, terminé tragiquement. Si Marthe a enterré Dieu, dont le décès avait déjà été signalé par un philosophe allemand, resté flou sur les circonstances, elle donne l'impression de cacher un secret déshonorant, comme si la mort avait été honteuse. Et elle a dû l'être, car quelle fin possible pour Celui dont la puissance n'a pas de limites, qu'aucune main ne peut assassiner, aucune maladie effleurer ? Le suicide. Dieu maître du destin doit l'être aussi du sien.

— Dieu est peut-être pendu au plus haut des cieux.

— Tu dérapes complètement, Pierre.

— Je croyais que tu dormais.

Félix ouvre un œil et soupire. Je néglige.

— Toi, tu n'as jamais d'idée sur rien.

Nous attendons dans le salon du bar. Il n'y a que des voyageurs pour Lourdes dans les hôtels qui bordent la ville, à l'entrée de la route où une flèche d'or indique la grotte de Massabielle. Félix a apporté deux magnums de morgon que nous partageons avec Tû, inégalement entre les pèlerins et nous trois.

La tête de Mariette penche et s'appuie sur mon épaule. Elle tousse faiblement. Je remonte son châle. Sa main droite est crispée et un tremblement régulier anime son pouce et son index qui émiettent l'air. Elle surprend mon regard sur sa main.

— Tu devrais aller te coucher.

— Surtout pas. Je suis tranquille.

Moi non plus, je ne veux pas bouger. J'ai l'impression que je vis ma dernière nuit. Mariette retire ses gants en dentelle. Sa main droite se déplie avec lenteur et le mouvement de son pouce devient plus ample sur la peau découverte. Ses yeux donnent le sentiment du désarroi le plus irréversible. Elle a le regard des chiens du mercredi, avant elle.

— J'essaie de ne jamais regarder mon tremblement, mais j'y pense lorsque je vois bouger les feuilles des arbres. Le rythme est le même. Je me dis qu'il y a du vent en moi. Un souffle qui fait vibrer mes membres et que personne d'autre ne ressent. Le vent pour moi seule. C'est très effrayant. Il se forme en profondeur, à partir d'une dépression. Le souffle se crée et monte dans mon corps, peut-être vers quelque chose de supérieur.

Plus tard, le froid humide a repoussé les autres dans leur chambre. Je suis resté auprès de Mariette dans le salon. Je me suis rapproché d'elle pour partager la chaleur. J'ai voulu lui donner mon écharpe, mais elle a refusé. Je lui ai dit qu'elle allait attraper la mort.

— C'est déjà fait.

Chapitre 31

— La jonquille partage 35 % de ses gènes avec l'être humain…

Tû intervient volontiers dans les conversations, pour ajouter un argument qui, au premier abord, n'a aucun rapport direct avec le sujet. Il ménage ainsi un effet de silence consécutif profond au sein duquel il se sent bien.

— … L'ensemble des végétaux environ 25 %.

— Et alors ?

— Ça veut dire que lorsque tu écrases une fleur comme celle-ci, sous ton pied droit, tu écrases aussi 25 % de tes propres gènes.

— Tû, il est 4 heures du matin, il reste dix-neuf kilomètres à parcourir. Je suggère que tu restes concentré sur l'effort.

— Justement.

J'accélère le pas pour m'éloigner à une distance où la surveillance de Tû sera moins rigoureuse, je sais qu'il peut passer trois heures consécutives à calculer le nombre de victimes que mes pas vont sacrifier parmi les trèfles et extrapoler en équivalent d'organes humains.

Je chemine aux côtés du père Baugin et de Mariette qui veut aller jusqu'à l'étape de Juillan, à une heure de marche. Il pleut. J'ai voulu la dissuader, mais on ne dissuade pas Mariette. Le chemin commence en bordure de la route nationale. Une foule s'est formée silencieusement. On ne voit pas à deux mètres, la pluie tombe en rafale. Les pèlerins ne paraissent pas tous dans la force de l'âge et cherchent des bras fermes autour d'eux. On ne dit jamais qu'on est dans la faiblesse de l'âge, l'expression n'a pas été retenue, ce qui montre que notre langage n'est pas équitable. La langue devrait servir les idées à charge et à décharge sans orienter le jugement. Félix m'a éclairé sur ce point quand j'ai voulu lui expliquer cette manipulation de la réalité par le verbe.

— Je ne comprends pas un traître mot de ce que tu dis.

Il avait saisi l'essentiel. Le traître mot.

Le jour s'est levé sans empressement. Ce que chacun a compris devant l'aspect repoussant du ciel et l'entêtement de la pluie glacée à s'abattre sur la nuit. Nous marchons lentement. Les uns derrière les autres, oscillants et silencieux. Des chants montent des premiers rangs motivés puis retombent. La silhouette du père Baugin ressemble aux autres, affaissée. Le pèlerinage commence avec une ardeur mesurée.

Juste avant d'atteindre Juillan, Mariette vient me sortir de ma somnolence. Une urgence. Tû, qui m'avait rejoint, recule.

Depuis toujours, les urgences sont sous-traitées par Tû. Par moi.

Je le vois très bien s'échapper vers l'arrière, mine de rien. Son sixième sens lui a signalé l'apparition démoniaque d'une responsabilité. Vade retro responsabilitas.

Un homme a été saisi de douleurs abdominales et m'attend sur le bord de la route.

— Je suis vétérinaire, Mariette.

— Ça devrait suffire.

Pas le temps de répondre, elle m'entraîne en me tirant par le bras à travers les pèlerins. J'entends un admiratif « C'est le médecin ».

— Qu'est-ce que tu leur as dit ?

— Que tu étais docteur.

Aucun spécialiste n'a répondu à l'appel. Les médecins se dématérialisent souvent devant le patient imprévu qui consulte sans rendez-vous. Syndrome de Tû.

— J'ai dit que j'avais une solution. Il est solide, je pense qu'il n'a rien de bien méchant. Tu le rassures et ça ira. Tu fais comme pour les caniches.

Comme pour les caniches… Le malade qui agonise au bord du chemin a plutôt la complexion d'un dogue allemand. Le plus grand chien du monde avec qui j'entretiens des relations parcimonieuses, ayant plus d'atomes crochus avec les corps petits. J'ai montré un jour à Mariette émerveillée une manœuvre de relaxation efficace sur les caniches qui consiste à leur tirer l'oreille tout en la faisant délicatement tourner dans le sens des aiguilles d'une montre. Je ne suis pas certain de pouvoir adapter le traitement.

— Il joue pilier dans l'équipe.

L'homme n'est pas un inconnu. Des témoins insistent sur ses capacités sportives régionalement appréciées. On ne me dit rien sur ses qualités humaines. Je m'approche avec prudence. Le pilier se tord en se tenant le flanc droit. Un silence respectueux s'abat sur mon arrivée. Mariette fait reculer les proches. Il faut dire quelque chose.

— Vous avez mal ?

Des questions échappent dans l'urgence, soupapes utiles pour l'anxiété de celui qui les pose. Pas pour celle de la victime. La réaction du malade est fulgurante. Bravant sa douleur, sa main droite vient enserrer mon cou et m'attire jusqu'à lui. Le visage est rond, crispé, couvert de sueur, le regard m'explore avec une amabilité relative. Je suffoque. Une phrase tourne en moi : « Les chiens ne font pas ça. » Une nouvelle crise me libère, il lâche mon col pour comprimer son ventre en gémissant. Je cherche de l'aide dans le public. Je prête l'oreille aux diagnostics évoqués. Les avis sont partagés. Appendicite, colique néphrétique. Un homme d'expérience suggère l'inflammation du pancréas ou de la rate qui se situait plutôt à gauche dans mes souvenirs. Mariette me conseille d'examiner son ventre. Je ne retrouve aucun repère dans l'espace mou et humain. Tout me paraît étiré. Je patauge dans son corps et mon incompétence se développe dans l'étendue, gagne de la visibilité. Je n'ai pas le temps d'y réfléchir. Je presse une sorte d'interrupteur interne en appuyant assez haut sur le flanc droit qui rallume l'énergie négative de mon patient. Son hurlement fait reculer la foule et ses bras forment une sorte de clé autour de mes cervicales. Je ne peux pas mourir avant que la Vierge me soit apparue une dernière fois. Deux pèlerins viennent à mon aide pour desserrer l'étreinte. Un filet d'air chemine tortueusement à travers ma glotte resserrée et j'entends au loin la voix de l'homme me présentant ses excuses sans que la pression de ses bras ne s'affaiblisse.

Pilier, pèlerin et psychopathe.

« Les chiens ne font pas ça. »

— Aide-moi docteur, dit-il en relâchant un peu l'étau.

Je me dégage péniblement de la masse musculaire et sentant une fenêtre de dialogue entrouverte lui demande, sans me faire entendre de l'assistance, de me donner son avis sur la question de son diagnostic. Colique néphrétique d'après lui. Pathologie qu'il a déjà expérimentée. J'ai tout lieu de le croire et je ne le sens pas prêt pour un débat contradictoire. Je relaie publiquement l'information. Les tenants de la colique néphrétique se congratulent. Les autres reçoivent l'information avec scepticisme. Je tiens la main de l'homme en attendant l'arrivée de l'ambulance. Tenir la main est un traitement négligé par les scientifiques. A tort. Les médecins ne posent plus les doigts sur les corps. Ils regardent de loin à travers des radios ou des résultats d'examen. Les vétérinaires continuent eux à laisser parler leur peau. Les cellules cutanées ont devant la maladie, un vocabulaire plus riche que les neurones encombrés de données et d'humeur.

L'homme allongé à mes pieds, se calme au contact.

A son départ, j'observe que mon statut a changé. Je suis devenu le médecin officiel du pèlerinage. Deux laryngites m'interrogent et une polyarthrite veut prendre rendez-vous pour un suivi ultérieur. La médecine est simple quand l'incompétence est totale. C'est la différence avec les animaux. Un chien sent l'imposteur. On arrive à tenir en pathologie humaine en jouant au miroir, en reflétant l'espérance des malades. Les animaux ne sont pas dupes.

Les premières lueurs du gyrophare font réapparaître Tû qui me propose son aide, à l'instant où le corps du malade disparaît dans l'ambulance. Camille reçoit avec admiration la preuve du dévouement de son compagnon. Décidément l'ami le plus fourbe de l'univers visible.

Un peu à l'écart, je lui murmure.

— Tu es lâche Tû.
— Oui.
— C'est tout ?
— Oui.
J'aime Tû.

Chapitre 32

Nous rejoignons la longue file des pèlerins devant l'ouverture des portes de la basilique. Mariette nous a distribué une photo de Bernadette. Félix la fixe avec attention et nous livre gravement une de ses phrases utiles.

— Elle a quelque chose, cette petite.

Il paraît pâle.

— Ça va ?

— Je crois que je vais m'évanouir.

— Mais non.

— Mais si, soupire-t-il en souriant et en tombant aussi, doucement sur les genoux puis de tout son long sur le ventre.

Le remous à travers le cortège appelle le service d'urgence souvent sollicité sur ces lieux saints donc médicalisés. Le malaise n'effraie pas la foule bien formée en pathologie lourde et capable de juger sans erreur de la gravité d'une situation. Félix se réveille sur le brancard qui l'emmène à l'infirmerie. Il a son expression d'agonisant qui atteste de la franche amélioration de son état. Je reste à ses côtés dans la salle des urgences.

— C'est depuis la transfusion. Ça m'arrive tout le temps. Je crois que je fais de l'anémie.

— Tu n'as pas d'anémie.

— T'es pas médecin.

— Pas si fort.

On a accroché sur ma poitrine le badge rouge et blanc des médecins pèlerins.

— J'ai cru que c'était la fin, Pierre.

— Elle sera longue ta fin.

— Pourquoi ?

— Parce que tu n'as pas la tête d'une mort subite.

— C'est comment la tête d'une mort subite ?

— Une tête qui s'agite. Une tête anxieuse, qui s'alarme, qui cherche, qui s'enflamme. Bref, il faut avoir l'air vif, tu comprends ?

— J'ai compris, merci.

Félix est pensif. Je n'aime pas le voir dans cet état.

— Avant mon mariage, je me rappelle que je tombais comme ça. Des malaises brutaux. Un médecin m'a dit que je n'avais rien, que j'étais amoureux. C'était son diagnostic. Il avait raison à l'époque.

— Et maintenant ?

— Peut-être.

— Je la connais ?

— Evidemment.

Il extrait de sa poche le procès verbal de la préfecture qui condamne le restaurant à payer 1 000 euros avec un avertissement sévèrement rédigé. Signé double K. Kheira Kirchoff.

— Elle a du style.

Félix approuve.

— C'est partagé ?

— Je crois.

— Donc je résume, tu es amoureux d'une femme que tu as fait empoisonner, hospitaliser abusivement, presque transfuser pour rien et qui croit à tort qu'elle te doit la vie. Tu lui proposes de l'épouser quinze jours après l'avoir rencontrée. On part sur de bonnes bases.

— Pour mes témoins, j'avais pensé à Tû et à toi.

Je ne trouve plus rien à dire.

Félix a repris des couleurs et peut rejoindre le cours du pèlerinage.

Nous pénétrons dans la basilique où le silence nous est recommandé.

Marthe a virilement évacué le second rang des handicapés qui occupaient nos places par erreur. Sans pitié pour les boiteux et les enfants retardés qu'elle fait reculer vers les côtés de la nef, dans les courants d'air. Des hospitaliers se bousculent autour de nous et installent des chaises dans tous les coins de l'église. La foule est aussi compacte qu'à l'extérieur. La cérémonie débute et s'étire. L'intérieur de la basilique manque de sacré. Heureusement des centaines de cierges ont été allumés et les petites flammes comblent les lacunes spirituelles de l'espace. La messe est longue, ennuyeuse, plate. Le service n'est pas à la hauteur de l'événement. Et moi non plus. Pas la moindre pensée bienfaisante, pas le moindre apaisement dans mon esprit soudain las d'être là.

Je ne prie même pas pour mes morts.

Camille a emmené Tû dans une petite chapelle à l'entrée du sanctuaire, la chapelle de Clara, où chaque année, elle vient se recueillir, seule. Je vais les rejoindre. Le lieu est difficile à trouver. C'est petit, délicat. Il faut chercher à l'écart de la foule. Pour ceux qui savent voir, c'est la plus belle chapelle du monde.

J'attends jusqu'au soir, inoccupé, à faire semblant d'être présent.

L'avantage des piscines de Lourdes, c'est qu'on ne peut pas y nager.

Dix-sept baignoires de marbre contenant l'eau de la source et encombrées même aux heures creuses. Comme chacun sait, c'est froid, d'une hygiène inférieure aux normes hôtelières et d'un bénéfice thérapeutique discutable. Les piscines ne sont pas mixtes. Nous nous retrouvons tous les trois, avec Félix et Tû, immergés jusqu'à la taille, torse nu, très identiques les uns aux autres. Chacun découvre la nudité de son ami en espérant que le reflet de la sienne n'est pas absolument exact dans ce miroir. Chacun analyse avec embarras le changement de nos corps. Même l'impassibilité de Tû ne résiste pas à la sinistre évidence que nous avons été contaminés par l'âge et que l'atteinte est avancée. Je baisse les yeux. Tû aussi, les mains bleutées dans cette eau sans jouvence, cherchant un réconfort dans le flou de son image qu'il brouille à la surface. Mais nous sommes là, précis dans nos contours.

Félix coupe le grave silence entre nous.

— Pour Marie, je pense qu'il faut plutôt s'en tenir aux vœux spirituels.

— Pourquoi ?

— Parce que pour le physique, ça me paraît compromis.

Le rire de Tû résonne comme un premier miracle dans les piscines de Lourdes.

Chapitre 33

La statue de la Vierge est dans une petite niche en haut et à droite de la grotte, à l'endroit exact où elle est apparue le 11 février 1858. Sur le sol à quelques mètres, une plaque a été vissée où sont gravés ces mots : « Ici priait Bernadette ». Lorsque la sculpture lui a été présentée six ans après la rencontre, elle a simplement dit : « Ce n'est pas cela. » Je suis d'accord avec elle. La Vierge était plus droite, la robe plus verticale avec moins de plis et la tête n'était pas inclinée vers l'arrière. Bernadette avait insisté : « Elle ne levait pas la tête. » C'est agaçant ce réflexe qu'ont les artistes de représenter la Vierge regardant vers le ciel pour signifier qu'elle en vient. On le sait. On ne représente pas les êtres humains la tête penchée vers le sol pour montrer qu'ils sont de la terre. Bernadette avait été claire avec le sculpteur qui l'avait interrogée. La Vierge était droite, plus jeune aussi et plus petite. Ce que je ne confirme pas, Marie m'ayant paru avoir atteint un âge adulte. Mais cent cinquante ans se sont écoulés entre nos apparitions, ce qui peut expliquer le gain de maturité.

Au tout début, quand Marie ne s'était pas encore nommée, le commissaire qui interrogeait Bernadette lui demanda :

— Et alors, Bernadette, tu vois la Sainte Vierge ?

Elle répondit :

— Je ne dis pas que j'ai vu la Sainte Vierge. Aquerò a la forme d'une petite demoiselle.

On devrait représenter la Vierge de Lourdes comme une petite demoiselle.

Je pense à elle, alors que nous nous serrons les uns contre les autres, à genoux, devant la grotte, à 6 heures du matin, le 28 juin, jour d'été, que l'été a décidé de ne pas reconnaître. A l'épaisseur de la vapeur qui sort de nos bouches, nous approchons de la congélation. Félix a emmitouflé sa tête dans une sorte de turban d'écharpes multicolores qui laisse échapper une houppette de cheveux. Il est assis, courbé sur un spectaculaire bâton de pèlerin en bois torsadé, acheté la veille, à la descente du car. Tû reste debout et droit, habillé légèrement, avec cette attitude stoïque qu'il prend volontiers dans les situations où nous recherchons des frères de faiblesse plutôt que des modèles d'impassibilité prétentieuse.

Un beau silence est venu sur le sanctuaire. Le vent s'est apaisé au rythme de l'écoulement des fontaines. Mariette penche contre mon épaule. Marthe, à côté de Camille, vérifie la bonne tenue des paroissiennes qui prient sur la même ligne. Le père Baugin est devant, en bras de chemise, protégé par sa thyroïde trop active, en compagnie de deux autres prêtres en parkas. Des pèlerins se joignent à nous, épaississant le groupe jusqu'au fleuve.

— Vous sentez l'odeur de violette ? demande Camille.

Félix se lève pour dégourdir ses jambes et réajuste son turban. Il ressemble à un sultan égaré parmi les infidèles.

Mariette somnole. Elle a pris un somnifère hier. La toux contrarie son sommeil. J'essaie de la réveiller doucement. Sa tête dodeline puis se repose sur mon épaule. Je ferme les yeux, moi aussi je vais m'endormir.

C'est venu à ce moment-là.

Par le bruit d'une rafale que personne n'a voulu entendre. Sans le moindre mouvement. Du vent sans vent.

Au fond de la grotte pourtant, un souffle fait écho, léger comme une brise et agite les branches du rosier sauvage, près de la statue.

Je la sens.

Le rosier respire et une lueur phosphorescente diffuse de la source.

Elle est là.

Elle. A côté de sa statue, plus petite, la robe plus droite, le regard horizontal. Elle a son expression de douceur, son visage sans rancune. Mariette dort et refuse d'être réveillée. Tû et Félix sont tournés dans la bonne direction mais ne voient rien. Elle est là pourtant, précise, matérielle. Je perçois son relief dans l'air. Les formes qui creusent autour d'elle. Son invisibilité pour les autres est le vrai mystère. Elle descend vers le sol. Elle porte une robe blanche serrée par un ruban bleu, un voile sur la tête et une rose jaune sur chaque pied. Elle avance vers notre groupe. Ses pas soulèvent de la poussière. Elle n'a rien de surnaturel. Elle ressemble à une jeune fille des sanctuaires, habillée en communiante. C'est elle, pas une autre, avec ma cicatrice à son front. Je ne peux pas m'empêcher de murmurer à l'oreille de Félix.

— Tu la vois ?

Il me regarde avec un air grave et thérapeute.

— Il va falloir que tu consultes, Pierre.

Elle est à quelques mètres, souriante, les mains jointes. Je n'ai pas le temps de détailler son visage car une lumière pâle se détache de sa poitrine gauche. Un rayon bleuté qui s'approche doucement. Le rayon hésite, suspendu devant nous. Certains miracles s'accomplissent ainsi, par toucher lumineux.

— Par toucher lumineux ?

— J'ai pas le temps de t'expliquer.

Félix et son turban me regardent avec compassion. Je vais avoir besoin de Tû qui éternue devant.

— Regarde le rosier au-dessus de la grotte.

— Quoi ?

— Les branches bougent alors qu'il n'y a pas de vent.

— C'est curieux.

— C'était comme ça pour Bernadette.

Le rayon se rapproche. Il vient vers Mariette, bien orienté sur sa main enraidie. C'est simple. Mariette va guérir et moi trouver un sens à ce que j'ai vu.

Mais l'axe du rayon dévie.

En le prolongeant virtuellement, il me semble qu'il rate la cible du corps de Mariette de quelques centimètres, sur la droite, en prenant la direction de Marthe. Une erreur de coordonnées, minime mais suffisante pour un malentendu irréparable. J'explique la situation à Félix qui reste sceptique.

Le rayon se décale lentement vers le corps agenouillé de Marthe. Le temps presse.

— Félix… pour Mariette.

Mon expression de détresse doit être convaincante. Il soupire.

— Il est où, ton rayon ?

Je fais un point stratégique. Félix à ma gauche, Mariette à ma droite, à côté de Marthe, Tû séparé d'elle par Camille.

Je redresse le corps endormi de Mariette appuyé sur moi. Je soulève sa main droite enraidie et la présente. Juste à côté, Marthe en priant découvre son bras malade. La tumeur noircie a encore pris du volume, attirant les attentions. J'enlève le gant de Mariette pour rendre le tremblement plus visible. Mais l'axe du rayon se tord, clairement orienté vers le bras de Marthe.

— Il faut pousser la vieille, murmure Félix.

Le rayon est à quelques centimètres, encore hésitant, entre les deux corps. Il suffit de décaler Mariette d'une épaule vers la droite pour que le rayon la touche. Je fais signe à Tû, pour libérer l'espace.

Tû comprend. Tû comprend toujours. Il permute avec Camille et tire la manche de Marthe qui résiste, le fixant comme le démon qui, dans son imaginaire, a toujours eu des traits orientaux. Elle échappe à sa prise en maugréant. Il la rattrape et la fait pivoter en tournant autour d'elle en danseur pour se retrouver à nos côtés. Marthe, stupéfaite, se signe trois fois.

— Je ne suis pas certain que tout ça ait du sens, dit calmement Tû.

Je décale doucement Mariette. Le rayon la touche, mais se réoriente à nouveau. Marthe veut reprendre sa place et essaie d'écarter Tû.

J'avertis Félix, motivé maintenant, qui lance à Marthe un regard menaçant. On nous demande de respecter la tranquillité des pèlerins. Camille m'interroge. Tû répond pour moi.

— Il la voit.

Le rayon s'entête, dans sa direction contrariante, pointée invisiblement sur la tumeur. La Vierge garde son sourire doux et indépendant de ma volonté, inattentive à mes conseils de correction.

Dans un dernier sursaut, je motive Mariette, en la secouant par les épaules.

— Réveille-toi, Mariette.

Tû et Félix essaient de refouler Marthe au second rang. L'agitation gagne. Tû tire, Marthe ne rompt pas. Je fais désespérément pencher Mariette vers la ligne du rayon qui effleure son bras raide. Elle se réveille enfin, mais le faisceau s'incurve et nous contourne tous. Il retrouve Marthe derrière l'écran du corps de Félix. La manche de sa robe est remontée haut. La tumeur devient bleue.

— Pierre la voit, glisse Camille à l'oreille de Mariette.

Mariette se redresse en souriant et me demande de lui remettre son gant.

— Où est-elle ?

— Juste là.

Je donne un repère pour situer très exactement la place de la Vierge, parmi nous. Camille murmure, comme s'il ne fallait pas l'effrayer.

— Je ne la vois pas, mais je la sens.

Le parfum de violette embaume.

Mariette ne sent rien, ne voit rien, mais paraît heureuse. Je la regarde avec émotion. Félix cherche une solution désespérée, je vois son regard monter et descendre le long du mollet de Marthe. Son bâton se soulève. Il s'approche, le bras armé. Je l'arrête. Le rayon diffuse maintenant de l'intérieur du corps de Marthe comme s'il en était la source. Elle n'a aucune conscience du phénomène. La tumeur luit.

— C'est trop tard.

Le père Baugin vient rétablir l'ordre et nous sépare. La silhouette lumineuse de la Vierge reste quelques secondes à portée de main, puis recule vers la grotte. En passant près de moi, elle se penche à mon oreille. Précaution étrange puisque personne ne l'entend.

Je décris la scène à Félix.

— Qu'est-ce qu'elle t'a dit ?

— Elle m'a posé une question.

— Quelle question ?

— C'est entre nous.

Chapitre 34

Le miracle de Marthe fut officiellement reconnu. La tumeur disparut en trois mois, laissant la peau lisse et sans cicatrice. L'expertise du comité médical n'émit aucun doute sur le caractère inexpliqué de la guérison. Un éminent cancérologue réfuta cet avis en rapportant des cas documentés de régression tumorale par un mécanisme de suicide cellulaire qui ne devait rien à une intervention divine. L'humeur de Marthe resta à peu près identique et elle perdit rapidement patience au contact des experts, des médecins, des prêtres et des journalistes qui tournaient autour d'elle.

Sur les sept mille déclarations de guérisons enregistrées au bureau médical de Lourdes, soixante-sept ont été reconnues miraculeuses par les autorités du Vatican. On proposa Marthe comme candidate à la soixante-huitième. Elle refusa catégoriquement. Monseigneur Douze développa pour elle une antipathie franche et transféra le dossier aux Italiens, ce qui donnait la mesure de son hostilité.

Deux mois après le retour de Lourdes, le 1er septembre, le père Baugin célébra le mariage de Tû et de Camille, puis celui de Félix et de Kheira Kirchoff.

J'ai été témoin de tout.

Les réunions à la terrasse de Félix sont devenues plus rares.

Simon m'a appelé quand le docteur Cotan lui a révélé la rupture de notre contrat thérapeutique. Je lui ai précisé que le traitement amputait sérieusement mon budget hebdomadaire et que j'avais l'impression d'avoir été augmenté.

Simon a accepté un poste qu'il espérait dans le Sud.

— C'est un peu grâce à toi. Ton psychiatre a eu un patient qui a fait un infarctus pendant une séance. Il m'a téléphoné. C'était le père du doyen de la faculté de Montpellier. Mon dossier a avancé.

En automne, mon frère m'a quitté gare de Lyon avec Solange qui a agité son mouchoir comme dans les vieilles actualités de l'autre siècle. Simon a tendu sa main jusqu'au dernier moment à travers la porte qui au départ du train s'est brutalement refermée sur elle la tranchant net au-dessus du poignet. L'effet a été spectaculaire. J'ai agité la prothèse ensanglantée, préparée pour l'occasion. Il m'a salué hilare, à travers la vitre et quand le train a disparu, je me suis senti proche de lui.

La tante de Mathilde s'est attachée à Mariette, malgré son diabète que le traitement par infusion a aggravé. Elle lui a proposé de venir vivre chez elle pendant le temps de sa maladie, car la toux de Mariette persiste et l'affaiblit. Rose a pris Mathilde sous son aile. Elles s'occupent ensemble des chiens du mercredi.

L'état de Mariette s'est aggravé doucement. Elle a été mise sous oxygène et propose souvent, parce que c'est bon pour l'humeur, d'en respirer avec elle. Tous ses visiteurs ont droit à une collation de gaz frais.

Elle dort beaucoup. Elle ne dit plus rien d'inutile. Elle me parle souvent des petites cordes qui nous attachent les uns aux autres et nous ligotent subtilement. Pour elle, ce sont des enchanteurs qui les tissent. Ils ont le visage de ceux qui nous aiment, mais ne nous veulent pas suffisamment de bien pour nous laisser les quitter.

— Moi aussi, j'ai ma corde enroulée autour de ton pied, mais…

— Mais quoi ?

— Je vais trouver une solution.

Le 31 mars, Mariette est partie. Du cœur comme Blanche, comme Gilberte, comme tout le monde. D'après le médecin qui l'a vue, sa mort a été miraculeusement douce. Ce sont ses mots.

Le jour de l'enterrement, nous nous sommes rassemblés autour du cercueil. Le père Baugin a obtenu l'autorisation de l'inhumation dans le cimetière de l'église. La cérémonie a eu lieu dans la chapelle de la Vierge.

A la sortie, Rose attendait avec Mathilde pour le dernier adieu à Mariette, entourée des chiens du mercredi qui avaient survécu. Une dizaine de vieux animaux, les pattes tremblantes, la gueule fatiguée. Il m'a semblé au passage du cortège que les chiens se redressaient vers le cercueil pour flairer quelque chose de vivant.

Je suis allé annoncer la mort de Mariette à mon père qui ne la connaissait pas. Il a paru triste en me voyant. Pour changer mes idées noires, il m'a proposé de regarder par la fenêtre, mais je n'ai pas eu le cœur. Il m'a tendu le dossier épais de son travail sur mes apparitions. Des documents, des notes, une centaine de pages où je devrais trouver les réponses aux questions qu'il se pose. Ensuite, on ne s'est rien dit mais quand j'ai voulu partir, il m'a lu un extrait de l'Evangile de Jean dans la bible de Gilberte qu'il tient toujours à proximité sur sa table de nuit.

— *Où avez-vous enterré Lazare ? Ils lui répondirent : Seigneur, viens et tu verras. Et Jésus pleura… Et c'est profondément attristé qu'il se rendit au tombeau pour ressusciter son ami.*

— Tu vois Pierre. Pour ressusciter, il faut des larmes. Les miracles ne s'accomplissent qu'en dépression profonde. Chaque mot de l'Evangile fait sens. Quand on annonce à Jésus la mort de son ami, il s'effondre. Or si Jésus est Dieu, il a le pouvoir de résurrection. Il n'a donc aucune raison d'être affligé. Si Jésus pleure, c'est que ses sanglots sont nécessaires au retour de Lazare. Je ne vois pas d'autre explication. Et s'il pleure, c'est qu'il doute. Il doute de sa compétence. C'est l'incertitude et le chagrin, la formule de la résurrection. Le message de Jean est clair, les larmes alchimisent, en élixir de longue vie, transparentes et philosophales. J'en déduis que chaque homme malheureux a la force nécessaire de renverser le destin. Conclusion : ne pas brider sa douleur, si on veut donner une chance à nos morts. Pleurer, pleurer toujours.

— Je ne veux plus pleurer.

Depuis quelques mois, il bute sur les noms propres, les plus simples. Des oublis, des manques. Je lui dis de contourner. Il faut qu'il cherche par des noms communs les détours qui aboutissent. Il me répond qu'il n'y peut rien, ce sont les mots qui ne le trouvent pas.

Je le quitte.

— Il y a un prénom, Pierre, que je n'oublie pas.

— Lequel ?

— Rose.

J'ai confié à Tû le cabinet de la rue des Barres pour quelque temps.

Après l'enterrement de Mariette, j'ai voulu consulter le docteur Bloch pour faire le point sur ma santé. C'est chez lui que je me souviens des mois passés.

J'ai le dernier rendez-vous de l'après-midi. Je suis venu en avance. Je reste dans sa salle d'attente. J'assiste au défilé des malades. J'écoute les plaintes, les essoufflements, je vois les mauvais teints, les fatigues, les présages. Le temps ne me semble pas long. Le docteur Bloch s'excuse pour son retard. Il vérifie ma tension, mon pouls et me rassure sur mon état qu'il trouve meilleur que le sien. Il me demande si je vois toujours des images étranges. Je n'ai jamais vu d'images étranges.

— Elle n'est pas revenue depuis le pèlerinage ?

— Non.

— Finalement, elle ne vous est apparue que pour…

— … disparaître.

Il me raccompagne et m'adresse un geste cordial de la main à sa porte en me regardant sans inquiétude, l'air plutôt rassuré par mon apparence et souriant. Mais je sens qu'il s'interroge. Il pense que nous ne nous sommes pas tout dit.

— Je peux faire quelque chose pour vous, monsieur Morange ?

Je croise mon reflet dans la glace près de la porte. Plutôt favorable. Je me trouve l'air calme, d'allure bien portante. Je devrais changer un peu de style, les couleurs et la coupe de mes vêtements, ma coiffure et un détail aussi, cette manière de tenir la courbe de mes yeux vers le bas qui rend mon regard triste. J'en ai assez de cette impression de mélancolie que je laisse.

Gilberte s'est posée sur mon épaule.

Je descends les marches jusqu'au porche. J'ai une valise légère à la main qui me donne l'apparence de quelqu'un qui s'en va. Mais je ne voyage pas. La valise contient les affaires de Rose qui a accepté de vivre avec moi.

Dehors, le soleil n'a pas montré toute sa puissance, le printemps vient comme il peut. Je respire dans l'air, les différences nouvelles et suffisantes.

— Je peux faire quelque chose, Pierre ?

Ce sont les mots que la Vierge m'a soufflés à l'oreille devant la grotte.

Je réfléchis au sens de cette question et à l'importance de ma réponse.

La réponse est non.

Remerciements à Antoine Boussin, Jacques de Tarbes la jolie, Isabelle ma sœur, Quilina Vizzavona-Moulonguet, pour leur précieux soutien et Didier Bontempi et Bruno Merle, pour rien.

Antoine Sénanque
dans Le Livre de Poche

L'Ami de jeunesse n° 31757

Antoine est psychiatre. Il a quarante-huit ans et une situation enviable. Une épouse obsessionnelle, des jumeaux qu'il confond, une belle-mère hypocondriaque, un frère aîné qui vit à ses crochets, une secrétaire qui le déteste, des patients phobiques et fidèles, quand sa femme ne l'est plus. Et surtout, un ami de jeunesse, Félix, restaurateur, coureur, menteur, dont l'insouciance heureuse le désespère. Car Antoine, velléitaire et passif, a le désespoir facile. Jusqu'au jour où il décide de changer de vie et convainc Félix de le suivre… Le récit caustique et tendre d'une renaissance.

Blouse n° 31948

Je ne sais pas. Ma devise… Les malades exigent le monopole du doute. Mon « Je ne sais pas » ne pouvait pas être accepté. J'ai dû faire croire que je connaissais les réponses à toutes les questions. Qu'est-ce qu'un médecin qui, après vingt ans de pratique, avoue son ignorance ? Un irresponsable ? Un usurpateur ? Ou simplement un homme sans illusions qui enlève sa blouse et n'a plus pour credo que la phrase de Céline : « la médecine, cette merde » ? Ce récit à la première personne est une confession autant qu'une plongée dans la dimension humaine de la pratique médicale. Des urgences débordées aux morgues trop pleines, des diagnostics hasardeux aux erreurs fatales, le neurologue Antoine Sénanque n'épargne rien ni personne, et surtout pas lui-même. Il y a dans cette introspection choquante tout le malaise de la médecine actuelle.

L'Homme mouillé n° 32752

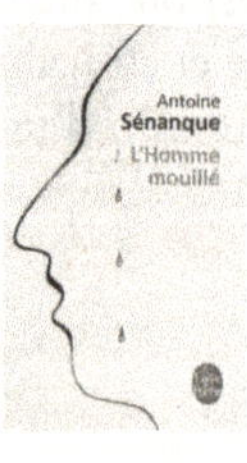

Le 12 mars 1938, les troupes de la Wehrmacht entrent en Autriche et proclament l'Anschluss. Ce même jour, Pal Valdas, employé à la Poste de Budapest, se réveille recouvert d'une eau sombre et salée…

Du même auteur
aux éditions Grasset :

BLOUSE, roman, 2004.
LA GRANDE GARDE, roman, 2007.
L'AMI DE JEUNESSE, roman, 2008.
L'HOMME MOUILLÉ, roman, 2010.
ETIENNE REGRETTE, roman, 2014.

Le Livre de Poche s'engage pour l'environnement en réduisant l'empreinte carbone de ses livres. Celle de cet exemplaire est de :
250 g éq. CO_2
Rendez-vous sur www.livredepoche-durable.fr

PAPIER À BASE DE FIBRES CERTIFIÉES

Composition réalisée par PCA

Achevé d'imprimer en avril 2014 en France par
CPI BRODARD ET TAUPIN
La Flèche (Sarthe)
N° d'impression : 3005163
Dépôt légal 1re publication : mai 2014
LIBRAIRIE GÉNÉRALE FRANÇAISE
31, rue de Fleurus – 75278 Paris Cedex 06

31/7669/0